我一把爱的钥匙

李忠 著

花山文艺出版社
河北·石家庄

图书在版编目（CIP）数据

给我一把爱的钥匙 / 李忠著 . -- 石家庄 : 花山文艺出版社 , 2023.8

ISBN 978-7-5511-6475-7

Ⅰ. ①给… Ⅱ . ①李… Ⅲ . ①短篇小说－小说集－中国－当代 Ⅳ . ① I247.7

中国国家版本馆 CIP 数据核字 (2023) 第 136936 号

书　　名：给我一把爱的钥匙
Gei Wo Yi Ba Ai de Yaoshi
著　　者：李　忠

责任编辑：郝卫国
责任校对：李　伟
装帧设计：刘　美
美术编辑：王爱芹
出版发行：花山文艺出版社（邮政编码：050061）
（河北省石家庄市友谊北大街 330 号）
销售热线：0311-88643299/96/17
印　　刷：河北浩润印刷有限公司
经　　销：新华书店
开　　本：880 毫米 × 1230 毫米　1/32
印　　张：6.75
字　　数：120 千字
版　　次：2023 年 8 月第 1 版
2023 年 8 月第 1 次印刷
书　　号：ISBN 978-7-5511-6475-7
定　　价：48.00 元

序一　真爱有方

紫陌花开

正是冬日，一个人的时候，就着柔和的音乐用手机翻阅李忠的新书《给我一把爱的钥匙》电子版，仿佛是欣赏春日里的一枝绿柳、一朵桃花，让人沉浸在他营造的清新氛围中，心中低吟浅唱千回百转的，都是关于爱的情节、爱的思索。

《给我一把爱的钥匙》收集了作者发表在报刊上的十六篇与情感有关的小说。我一直揣测这书名，我想这既然是一把爱的钥匙，读者拥有了这样一把钥匙，开门进去，就能领悟到爱的真谛。

喜欢这书，首先是因为故事开阔的视角及内蕴的深刻。本书的故事里，内容涉及各行业，人物涉及各阶层，因此就能带动不同的读者融入相应的爱情中：清纯少男少女，会从《缘分的天空》《决定娶她的理由》这类纯情温暖的故事中找到爱的依据；农村青年男女，可从《春日里的桃花》思考如何去守护内心神圣的爱；曾有过下乡经历的人，也许可以从《光阴的故事》中回味到年轻时那种朦胧美好的情怀；而已婚的男女，亦可从《断点》《雪女》等故事中，对如何经营与守护处于当今浮躁社会里的婚姻进行思索。可以说，作者将不同层次不同年纪的爱情写得淋漓尽致，同时紧紧地贴着社会的现实问题去思考问题。

此书的情节在设计上也很巧妙，总有让人意想不到的结局。《红杏出墙》里，一个男人发现身边的女人有了外遇，很气愤，结果，这对男女也不过是婚外情而已，真是出乎想象、极具讽刺；《断点》中的女主人公有婚外情被老公发现，老公制造了一起车祸，网上的情人遇害了，而真正爱着的那情人却还在暗处平安活着，这个故事以爱的外衣将一个案子包了起来，不得不佩服他编排的技巧，由此也可知他是何等地会编故事。

作者写爱，不仅仅局限于小爱，同样还在客观的描写中对道德、道义进行了维护，实际上也是在维护着大爱。《不明不白》中，芬妮爱着莫弦，莫弦也想娶她。可是他们相遇之前芬妮早有了男友，责任感提醒芬妮不可离开原来的男友大松，“她绝不能去毁了大松，她做不到”。通过这个故事我们懂得，在人世间，人与人之间除了爱，还要讲义，为了义，有必要在爱情上作取舍。

人世间，还有单纯干净的爱吗？《九月三十一日》里，米米就希望有。米米在与覃瑟、艳子三个人的爱情纠缠中，觉得唯一的解决办法，就是必须有一个女人离去。她约了九月三十一日与覃瑟私奔。其实这个日子不存在，她以退出成全自己心中完整的爱。而《春日里的桃花》里，春桃在大城市里成了发廊女，当三江哥找到她时，她已回不到过去。三江哥拿出了水果刀，春桃看到从三江哥手腕上喷出来的血，“像怒放的、摇曳的、鬼魅的、淡红的春日里的桃花，很美”。这美，何尝不是作者对一段干净美好的爱的挽留？

在这本书中，作者还站在爱情的肩膀上提炼着人生哲理。在《阳关》中，他说：“我们的烦恼来自对完美的追求，由于刻意追求完美，我们不能容忍缺陷的存在，结果，经常一点儿小小的缺陷，就可能遮蔽住我们审美的眼睛，使我们的目光滞留在缺陷上，而忽略了周围其他的美好之处，以致错过了许多美好的东西。”这样充满哲理的句子比比皆是，看后能给人以极大启示。

还值得一提的是，李忠是诗人，所以在小说中能清晰地感受到他语言的灵秀及跳动的诗意。如《缘分的天空》里：“我没有回过头去看叶荷纯纯如雨中嫩笋般的背影，我知道从此在她的心中我就如在苇梢稍稍停留过的红色蜻蜓或白色水鸟。”于是发现，写小说，也可以写得这等浪漫与唯美，从而让读者深深感觉美好。

我是一个向往爱情的女子，从一个女子的角度来看本书，感觉置身于爱的花园。我想，不管是我，还是谁，读了本书，就犹如有了把爱的钥匙，都能进入爱的花园，虽然园中花开颜色不同，摇曳姿态不同，却因为有了这个靠近的过程，每个人都会有芬芳绕怀。于是心中会有浪漫、有温暖、有感动，以及美好的思索……

序二　寻找一把打开灵魂之锁的钥匙

刘彦林

生活在寒气袭人的大西北，让我的心情如风雪欲来的天空那样忧郁，而作家李忠发过来的电子版《给我一把爱的钥匙》，无疑给心灵带来了一缕芬芳的春意。

作家李忠，是我在网络上认识的文友。他生活在令人滋生“舟行碧波上，人在画中游”之感的广西桂林。他由写诗步入文坛且发表了大量的优秀作品，许多名家的评论文章，都对他给予了较高的评价。

近年来，他在创作上另辟蹊径，逐渐转入小说的创作，已经出版了多部作品。《给我一把爱的钥匙》是他优秀小说的整体展示，所收录的十六篇中短篇小说，可以归类为情爱小说的范畴，表现出具有个性化的创作风格。

主题蕴含沉重的命题。除《阳关》外，其余篇章的人物大都摄取于市井生活，在经济快速发展的都市里，在寻找人生坐标的历程中难以摆脱物欲、钱色的诱惑，原本纯粹的道德天平被迫倾斜，将传统观念孕育的爱情撕扯得支离破碎，个人的灵魂被现实刺扎得鲜血淋淋。面对岌岌可危的爱情，大多数人物却在现实的“路口”继续迷惘和徘徊，更有甚者将自己毁灭在难以填满的私欲里。作家李忠就是凭借语言的载体，通过各种爱情出乎意料的结局，对传统的爱情观念给予较深刻的颠覆，从而引发读者透过爱情遭受摧残的现实，探究蕴藏于纷繁复杂的社会现实中爱情应有的内涵，那就是在经济大潮冲撞下的都市人，在苦苦寻觅人生伴侣的征程上，如何才能寻找到一把打开灵魂之锁的钥匙？窃以为，这也是《给我一把爱的钥匙》能打动更多心灵的主要因素。

选材凸显作者的追求。这些小说所涉猎的题材，都有极强的现场感。《阳关》选取人文内涵丰富的“阳关”，人物都是武艺超群的侠客，杨三在和肖四争夺“师妹”的争斗中败下阵来。其余小说的人物，他们的生存空间都贴近底层，从表面看似乎信手拈来，但仔细揣摩却各不相同，都有着个性化的一面。《不明不白》中莫弦以为占有了芬妮的肉体就能获得对方的爱，结局却是“天意”注定的失败。《春梦》中的梦叶想通过自己设置的陷阱给被陈家避玩弄后又抛弃的妹妹小米报仇，最终却将自己迷陷入了爱情的陷阱。《雪女》中的芳子本是一位正统的媒体人，难耐寂寞时在网络上和网名冰山雪客的王帅心心相印，并想在现实中升华两人的关系，最终在爱情面前迷失了自己。《春日的桃花》中的三江不能把握爱情的时机，醒悟后想极力挽回和桃花的爱，然而桃花的堕落迫使他失去理智，进而毁灭了深爱的“桃花”。而唯一的中篇《绑架》中，刚刚步入社会的夏晓和被爱情抛弃的肖苹，他们的人生经历、做人准则、年龄、心理和家庭背景等都存在着差异，两人却阴差阳错地演绎了一场相爱的故事，起初肖苹对夏晓的引诱，是一种心灵上的“绑架”，当夏晓想维持这种关系时，肖苹却极力想摆脱纠缠，心理遭受打击的夏晓却绑架了肖苹的肉体。这些小说中的人物，大多游离在道德规范之外，却无一例外地遭受了嘲弄、打击和惨败。其实，作者就是借此来揭示当下人们正确爱情价值观的缺失，呼唤沉迷于物欲、肉欲的市井人，正视自身的价值，走出自己设置的灵魂陷阱，探寻人生道路上真正的爱情，还原爱情应有的内涵。

构思凝聚着作者的创意。李忠将诗歌和小说的创作手法进行有益的融合，既保持了小说创作的环境描写、人物塑造、情节发展的特点，又借鉴了诗歌创作的炼字、用词和意境营造等优势，每篇小说都凝结着他着意的创作追求。《扑啦啦飞》中的瑰丽，在沉迷于和非亚的爱情中无法自拔，最终仍没有获取想得到的一切，小说避开了男女主人公直接演绎爱情故事的俗套，采取瑰丽和苏珊的谈话、瑰丽对大学初恋故事的追忆以及瑰丽的心理活动等展开情节的叙述，而结局早已在题目中暗示。《断点》中“我”背叛了做警察的丈夫，对情人一往情深爱得不顾一切，当丈夫发现“我”的不轨时却突然醒悟，打算以离开的方式挽救濒临破碎的家庭，可是丈夫却导演了一场悲剧，“我”明白之后又如何抉择，结尾处留下了引人思考的悬念。《红杏出墙》从一条短信切入，通过“他”在网上看到不同地方妻子对待老公出轨、老公对待妻子出轨的做法，使“他”突然明白“他有自己的老婆”。还有像《九月三十一日》《决定娶她的理由》等小说，也处处设置悬念，结局在题目或故事发展中早有暗示。

人物形象呈现个性化特征。人物是小说的灵魂，故事的发展也因此才曲折离奇、扣人心弦。李忠在有限的篇幅中，能让人物的形象丰满起来、性格凸显出来。中篇《绑架》中，夏晓最初的幼稚、纯真，到后来的冲动、执着，肖苹起初的风情、放荡，到后来的自私、逃避等塑造得比较丰满。《阳关》虽然是个短篇，但杨三的穷追不舍、肖四的与人为善等都跃然纸上。《九月三十一日》中覃瑟对艳子、米米的情感抉择中落得一无所有，都是他沉迷于美色、肆意猎艳、放浪形骸导致的必然结局。《缘分的天空》中的叶荷、《邂逅柔情》中的凌燕、《高跟女鞋》中的林玫，以及前面提到的芬妮、瑰丽、芳子、惠儿、桃花、陈家避、三江等人物都比较有个性。由此，李忠在人物塑造上的用心和追求得以印证。

文本语言呈现诗化倾向。李忠在人物出场的环境描写上，大都能营造出优美的意境来烘托场景或者反衬人物的心理活动，这样的例证随处可见。《不明不白》通过酒吧环境的描写衬托芬妮的美丽，用船的漂泊来反衬芬妮的内心感受；《扑啦啦飞》穿插《诗经》中“死生契阔，与子成说。执子之手，与子偕老”的句子来渲染氛围；《雪女》中借助艾晚婷和冰山雪客聊天的语言来表现人物的内心世界；《邂逅柔情》中“我”的诗歌、“大学睡在我上铺的兄弟”对当下“诗歌”命运的评判以及引用宝黛、梁祝的爱情悲剧的暗示；《决定娶她的理由》对夜市环境的描写，《春日里的桃花》对山寨自然环境的描写，《阳关》中环境的渲染、夜色下杨三和肖四的搏斗等也很有特色：这使小说的叙述呈现出诗一般的语言。此外，人物的拟名也有特色，有些从名字就可以看出人物的性格，如“无弦”“陈家避”“覃瑟”等。这样的语言，自然给小说增添了不少亮点，也把诗人小说家的优势体现得很突出。

总之，《给我一把爱的钥匙》收入的十六篇作品各有特点，我所解读的肯定挂一漏万、多有不妥，期待评论家及李忠兄不吝赐教。

目 录

contents

不明不白

莫弦开着他的“宝马”缓行在夜晚宽敞的大街上。五彩的灯光如同温柔的流水，如同莫弦此刻的心情。

莫弦此刻的心情是十分舒畅的，因为他今晚有个约会，当然是个年轻漂亮的女人，而且是他非常欣赏的女人。莫弦知道自己性格中有某些轻松的东西，很得女人的喜欢，特别是过了三十岁之后，虽然外貌发生了一点儿变化，但那些轻松的东西依然还在，同时又加入了一种沉稳，更显现出了他的气质。不过这种气质的形成很大程度上得益于他所拥有的地位和金钱，这点莫弦自己也不得不承认。

从外面进来，一下子不能适应，只觉得酒吧里光线有些昏暗，在拐角的时候莫弦不小心还碰响了一把椅子。服务生引导着莫弦在一张看上去很古朴的桌子旁坐下，然后点燃了蜡烛。刚燃起的蜡烛火焰开始还是一跳一跳的，但很快便平静下来，只是默默地燃烧着，发出一点儿暧昧的亮光。

莫弦把外衣搭在身后的椅背上。他的眼睛逐渐适应了酒吧里这种类似黎明前的幽暗的环境，边喝啤酒边无聊地向吧台那儿望去。小型直射灯照射下的吧台，是酒吧里唯一较为光亮的地方，里面的架子上摆着各种颜色的酒，酒架上边挂着一个长着两个长长弯角、瞪着两个乒乓球一般大的眼珠，还有着一小撮滑稽胡子的黑陶山羊头。

终于，他看见芬妮进来，在羊头的逼视下向吧台的服务生询问着些什么，然后目光向这边瞟着，在服务生的引导下走了过来。

服务生拉开了对面的椅子。

芬妮脱下外衣。此时短小的紧身上装兜出了她两坨高耸的乳峰，更衬出了她的纤腰丰臀，很有一种婀娜的感觉，加上酒吧里的美国乡村音乐如小溪一般在舒缓地流淌着，看上去芬妮更有一种使人神思恍惚的妩媚。

芬妮很轻盈地坐下。

芬妮见莫弦目不转睛地盯着她，笑一笑便把身子俯在桌面上，亮闪闪的眼睛透过桌面上的两个啤酒瓶子之间的空隙看着莫弦。

“怎么突然想起来请我了？”

莫弦喝了一口啤酒。

啤酒杯里有泡沫翻腾。

莫弦说："芬妮，我发现你长得很像我的夫人，特别是你的眼睛和那种神韵。"

芬妮没有作声，她心中暗笑，钓鱼开始了。

那鱼是谁？当然是芬妮自己。

话题要枯竭了，芬妮有些无聊，就盯着坐在身边的这个男人看。芬妮不清楚自己的眼神在莫弦眼里是什么样子的，也许很空泛，也许带一些温柔或者什么其他可以用动听词语形容的表情，也许还有更加暧昧的东西在里面，也许吧，芬妮懒得去理会。

刚才打电话给大松，他的手机已经关了，芬妮知道他又生气了。可是有什么办法呢？自己经营一家不大的广告公司，总不能一天到晚陪着他吧，要那样两人只能一起喝西北风去。可大松似乎总不能理解。

大松是她同居两年多的男友，以前他可不是这样的。大松在她面前一直表现得像个大哥哥，对她关心体贴、照顾周到，还任她撒娇。但他自从被公司辞退后，性格就彻底变了，每天芬妮都得像母亲一样包容和原谅他的小性子，这使她越来越有一种下班比上班还要累的感觉。芬妮多想大松能再次接受她的柔弱，毕竟才二十五岁的她还是个希望男人宠爱的小女子啊，但是他做不到，芬妮就只能把苦和累藏在心底。

闲聊中莫弦给芬妮支了许多经营上的着儿，他的才思敏捷，每一着儿都折射着他的智慧和大气。芬妮很快就明白了他为什么能在事业上如此成功。芬妮暗自由衷地敬佩莫弦，芬妮一向很欣赏有才干的男人，不管他成功与否。但大松体会不出这一点，他总以为她是以成败论英雄的。

莫弦是家大公司的总经理，年轻有为，经朋友介绍芬妮认识了他。他很看重公司的广告宣传，经常亲自审定广告内容，为了广告业务芬妮与他有了许多次的接触，于是他们就成了朋友。芬妮很喜欢莫弦看着她认真说话的样子。这次是莫弦第一次单独约她出来。

莫弦一仰头喝干了杯中的啤酒。

他轻声问："芬妮你今晚可不可以跟我走？"

芬妮笑，说："不可以。"

芬妮不明白为何自己对他这样的询问一点儿都不惊讶，只觉得这好像是意料中的或是他们两人间应该发生的事。芬妮发现自己其实是很喜欢这个男人的，喜欢他的聪明干练，喜欢他自然而然流露出来的对女人的呵护。芬妮感觉两人此刻像是一对相处了很久很久的恋人。芬妮不由得在心底里长叹了一口气。

莫弦还想说什么，但张了张口，最终还是没有说出来。

"你这算不算是诱惑我？"芬妮抬起头去端详莫弦的眼

睛。芬妮闻到了莫弦身上一股淡淡的清香。

真好闻。芬妮心里想。

一个情窦初开的女中学生，暗暗地喜欢上了自己的政治老师，每次有政治课时她都要精心打扮一番，很认真地听讲，眼睛一眨不眨痴痴地望着讲台上的老师，虽然她和大多数同学一样不喜欢政治课。她还在两本厚厚的日记本里尽情倾诉了自己对老师的情愫、相思和崇拜。后来的某一个星期天，跟着妈妈到菜市场去的她突然看到了自己的政治老师，而且她还看到他的手里拎着一条鱼。她彻底地失望了！一条鱼！心目中如此神圣的他怎么可以在手中拎着一条鱼呢？偶像轰然塌掉，当晚在房间里她哭成了一个泪人，两本日记也在泪水中被撕成了碎片。

当年的女中学生如今漂亮迷人，她就是今天的芬妮。芬妮从那时候开始，就再也没有在心中崇拜过任何一个人。

但是在等莫弦在合同上签字的时候，望着他阅读合同那专注的神情，芬妮在心底里不由得涌起了一种久违的敬慕。她确实就是喜欢这样的男人。

莫弦扔下笔："为庆贺我们合作成功，我请你吃晚饭，不知芬妮小姐是否肯赏脸？"

芬妮微微一笑，略略想了一下，然后愉快地说："莫总请客，我敢拒绝吗？”

和优秀的男人吃饭其实是件很惬意的事情。

烛光摇曳中，芬妮发现莫弦的笑容更显得温和沉稳，感觉对她体贴有加。

芬妮的心里一暖。芬妮说：“莫总，我想让你做一道心理测试题，你愿意回答我吗？”

莫弦嘿嘿地笑。

芬妮假装把脸一沉：“好好回答我，别嬉皮笑脸的！说是因为某种原因——什么原因你就别管了，你被抛到了海中央的一个荒岛上，一时没有人也没有办法来救你。岛上有三间房子，一间是玻璃的，一间是木头的，还有一间是铁皮的，让你选一间住你选择哪一间？”

莫弦不假思索地回答：“当然是木头房子，玻璃房漂亮好看但在海岛上不能住嘛，铁皮房子虽然更安全些，但给人的禁锢和压抑感太大了，还是木头房子好，安全，更重要的是感觉舒坦。”

芬妮不理他，接着问下去：“房子里除了一桶脏水外，没有任何解渴的东西，岛上的其他地方也都没有，你会喝这水吗？”

莫弦搓搓脸，迟疑了一会儿，说：“喝吧，不喝就会渴死啊，人要能屈能伸嘛！”

莫弦又说：“芬妮，你这测试题什么意思啊？”

芬妮浅浅地笑着，不回答他，一种宁静平和的样子。芬妮心里很清楚这道心理测试题的意思，房子代表的是婚姻，脏水的寓意是婚外情。这道测试题是大松最近突然问她的，但芬妮以前就在一本时尚杂志上看过。芬妮当时找个话题避开了，没有回答大松的问题。

大松与芬妮其实也有过很温馨的时候。他追芬妮，先是不声不响站在她门口等，恰逢梅雨季节，大松又不喜欢打伞，因此总给人一种湿润温柔的感觉。他拿着一枝玫瑰花在门口等，说起来真是土得不能再土了，但经典的总是经典的，如果有谁天天这样做，就是管用。雨季过后，芬妮和大松已经在深夜对坐，柔情款款地品着咖啡了。每当想起那个时候，总会让芬妮有一种来自心底的感动，一切都是因为有人在雨季手持一枝玫瑰花在她的门口等。

但是，人为什么会改变得那样快呢？短短两年不到，大松和原来就判若两人。芬妮想不明白。是不是爱情真的像感冒？一重感冒，就要发烧，死去活来，然后呢？病好了，一切也就如常了。爱情不也如此吗？过了，也一切如常了！

芬妮侧眼瞧瞧正如醉如痴看着自己的莫弦，心里有一种又一场感冒要袭来的预兆。

在那个夜晚的沉睡中，莫弦依稀觉得这是一条船。深夜的海水肆无忌惮地推移自己的躯体，而自己赤身裸体、手足无力，眼前的漆黑令人莫名惊恐。忽然有一豆亮光在脑海里扩散，已在绝望中的自己看到了点点希望，下意识地伸出双手四处摸索，却感到所触处温热柔软。一张面孔低垂下来，长长的青丝缭绕在自己额头的上方，拨开它们，一张那么陌生却又似乎曾经无比熟悉的容颜从无比久远的年代里不期而至。她缓缓地抬起一只纤纤玉手，随之而来的一股力量牵引着自己进入早已废弃的记忆里。她的那张脸游移不定，带着湿润和柔滑在自己裸露的躯体上散步，态度悠闲而耐心。惊恐逐渐消退，她的身子飘浮。小船随着海水晃动，那是一种温和无比的节奏。她手肘支撑着身体的重量，在掀起的波浪上震颤。她的长发低垂，一忽儿用手撩开，一忽儿又挡住了面庞，摇荡中偶尔闪现亮闪闪的双眼。

迷梦中，莫弦用力环绕住那团温暖和柔软说：“我爱你，芬妮！”

莫弦惊醒，一瞬间熟悉的卧室令他万分诧异，怀抱里空空如也。一张女人的面孔在高高的天花板上对他张大双眼，似乎温婉地问：“你说什么？”

“我说什么？我说了什么吗？”

“我好像听到你说你爱我。”

“我说了吗？我真说了？那好，我爱你！”

然后，莫弦又沉沉睡去。

良久，莫弦翻身坐起来，点燃了一支烟。

昏暗的光线不足以照亮那个叫芬妮的女人美丽的面孔，依稀中她长长的睫毛似乎在轻微地闪动。

她美妙的身体在深夜里隐去，然后这个夜晚已经变得难以入眠。

大松打来电话问她这么晚了为什么又不在家，气得芬妮差一点儿把手机摔了。大松最近到相邻城市的一家公司找了一份工作，但脾性却依旧，整天疑神疑鬼的，不时往家里打电话，查岗似的。他也知道自己这样不好，但却总是无法控制。“我太爱你了，如果没有了你我真的不知道会怎样。”大松对芬妮说。

芬妮靠在椅子上生了一阵闷气，然后她赌气地拿起了桌面的电话。在准备拨号的时候，芬妮还是迟疑了一会儿。

“等我，我去接你。”听到莫弦像是嘱咐又像是询问的话语的那一瞬间，芬妮的心顿时一暖，仿佛洒上了一缕阳春三月的明媚阳光。她笑了，轻轻放下了话筒。

车在海滩上停下了。

月光很好。

这是芬妮第一次晚上来看海。此刻的大海不再是白天的碧蓝，涌过来的浪花也带着黝黑，但却是别样的令人感动的一种氛围。

天气凉爽适度，芬妮轻轻地搓了搓手心。这时候莫弦不声不响地扣住了她的手。芬妮没有挣扎。他的手很大很厚实很有力。

他们在沙滩上坐下。深夜的天空，朗月自云层中透出，可以很清楚地看到莫弦望着芬妮在微笑。

“我这些天睡觉时经常做一个梦。在梦中我得走啊走啊，走过沼泽，走过草地，爬过山坡去寻找一个梦中的家园。在无尽的行走中我疲惫我孤独，我迎着黑暗迎着黎明向前，我得有一个伴侣，有一个温暖的怀抱……这时候她来了说了一声，你走得真累真苦，来，跟我来。每当此刻我就会紧紧地抱住她，用手触摸她柔软的腰肢、丰满的乳房以及身体的每一个角落并且神飞魂断。可是，我的身体燃起的依然是不尽的爱火和柔情的暖流，就像一瓶藏了百年的珍贵的醇酒，总是到了期望打开的时候才喝啊……”

芬妮望着海水中的明月轻轻发呆，而月光很美丽地洒在她光洁的脸庞、柔和弧线的脖子上。她披散着的青丝在海风里微微扬起，有几缕正擦着莫弦的脸和颈。莫弦默默地感受着。一会儿，莫弦移过去，小心地搂住她的肩。莫弦感觉到了芬妮很轻微的一颤。

月色很好的夜晚是不真实的，这是那晚留给芬妮的最深刻的印象。

芬妮觉察到了莫弦心理上的细微变化，已经穿上衣裳的她忽然抱紧了他，两人紧紧交织在一起。她在莫弦耳边轻柔地说：“你会觉得我是个轻浮的女孩子吗？”

莫弦下意识地摇摇头。

芬妮闭着双眼把头枕在莫弦怀里，任由他肆意地抚摩。不知过了多久，海边的露水逐渐湿了他们的衣裳。她的身子开始不由自主地战栗起来。

“我们走吧。”终于他附在她耳边温情地说。

宾馆的房间里暖意融融，热水澡恢复了莫弦的元气。芬妮擦着头发出来，长长的睡衣拖地，在橘黄的灯光下婀娜多姿，就像一朵夜里绽开的茉莉花，浑身上下到处散发着淡淡的香味。

床上的莫弦轻轻拉她过来靠在身上，手指缓缓地将她潮湿的头发缠绕成麻花状。芬妮右肘支撑斜依的身躯，静静地接受着他的爱抚，她无法抗拒这种久违的温情。

芬妮审视莫弦专注的眼神，她身上的芳香充满了房间这不大的空间。

“有啤酒，要吗？”芬妮扭开脸。

莫弦迟疑了若干秒钟。

“不要？你给我讲个故事吧。”

“好啊，哈哈。讲什么呢？哦，从前有座山，山里面有个庙……”

“不要不要，我要你讲自己的故事。你是猎艳高手吗？”

“我哪里是，我也没有什么动听故事。或者你讲你的故事？”莫弦摆出了洗耳恭听的姿势。

芬妮用温暖的目光看着莫弦，她的眼睛里有闪烁不定的快乐和惬意。莫弦也用温暖的目光看她，仰卧在床上展开四肢，嗅着鼻端隐约飘来的清香气息。芬妮的脸精致而柔和，依旧挂着盈盈的浅笑。她脸色微红含羞躺在他旁边，面庞丰满而润泽。莫弦一下子把她翻在了身上。她流泻的乌发挡住了面庞，摇荡中偶尔闪现紧闭的双眼。她轻轻喘息着，仿佛随时可能崩塌。他眯上了双眼。

芬妮第一次如此清晰地体验到自己的激情在翻飞跳跃，感受到生命在这个夜晚尽情地绽放。这个男人的躯体温暖得好像太阳下的一朵白云，缓缓包住她的一切。在幸福的交融中她如水般瘫软了，她甚至不知道此刻自己的眼角噙满了泪珠。

“你不要睡着好吗？”芬妮一根根数着莫弦的眉毛，小心翼翼地。他给了她一个微笑，几乎令她误以为他纯洁得像一片落地的桑叶。

“我睡不着。你陪我聊会儿天吧。”芬妮像个孩子似的缩在莫弦的胸前。他倾过身子吻了她柔软的耳垂，那个吻轻飘得几乎无法察觉。

芬妮张开嘴想问，却想不出要问些什么。

莫弦也默不作声。

半晌，他说：“是你？是你吗，芬妮？”他的声音好像有一些颤抖和紧张，芬妮分辨不出。

芬妮看到莫弦在柔和的灯光里安静地注视着她，他的手掌慢慢地向她的脸颊移动。芬妮的心在剧烈地跳动。

他的手掌移动得那么缓慢，似乎永远也无法到达目的地。

芬妮闭着眼，很小心地享受着这个过程，享受着这个过程中的每一点感受。她被这种感觉感动着。和大松在一起两年多了，为什么从来没有过这样的体验？

想起大松，芬妮心里不由得一激灵。在另一座城市里的大松现在正在熟睡吧？如果他知道自己正赤裸着身体躺在别的男人的怀抱里，他会是怎样的心情？

她冲动地翻身坐起来。

莫弦吓了一跳，他紧紧地拉住她的手。

“怎么了？你怎么了芬妮？”

芬妮挣开，用双手捂住了脸。

“快睡吧芬妮，你累了。”

“不，不！”

“为什么？”

“我有男朋友，我们在一起两年多了，我们就要结婚了。”

“可是，我爱你呀！和我在一起，好吗？”

芬妮觉得自己的心在发痛，一阵一阵地痛。

“你是我的，别说是要结婚，就是结了婚也可以离婚的！”

“可是我不能嫁给你的，你也不可以娶我的！”

“为什么？这又是为什么？”

芬妮想哭。

“你有夫人！你说过我长得很像你的夫人！”

“天哪，你把我看成什么人了？不错，我是有夫人，但那都是很久以前的事情了！我曾经有过一个很漂亮的夫人，我一直以为她很爱我，但一次我的生意上出了点儿问题，大势非常不妙，似乎有些不可挽回了，这时候她突然对我说：‘如果你不能保证我的幸福生活，就请你早点儿离开我。’我离开了，我不能不离开。我一点儿也不怪她的势利，其实任何人都一样，包括我们，都不想去做没把握的事。不过后来在生意场上我奇迹般地起死回生了，可从此以后对爱情和婚姻我心如死水，直到遇上了你。我爱你，知道吗，芬妮？我爱你！”

芬妮呆住了。她在心中默数三十秒，告诫自己不能流泪，她成功了。但三十秒之后，一行泪还是不争气地顺着脸颊淌了下来。

这一刻她多么希望自己是单身一人，但她清醒地知道还有大松，她知道和大松分手会是什么后果，她不能不在乎大松，她绝不能去毁了大松，她做不到。那她的选择就只能是唯一的了。

“我没有希望？”

“睡吧，我们不说了好吗？”

“可是……”

“睡吧，我困了睡吧。”

天亮了。

芬妮轻轻起来，很快地穿上衣服，然后到洗手间洗漱。

不知什么时候，莫弦默默地站在她的身后。

“你在逃避我？”他重重地叹了口气。

芬妮没有说话。芬妮转过身，搂住他的脖颈，轻轻地吻他的唇。

“我要走了。”芬妮不敢看莫弦的眼睛。

莫弦明白了，他无法改变她的想法。但莫弦不想放弃也不愿放弃。

“我以后可以打电话给你吗？”

芬妮没有回答。芬妮整理好头发走出房间。芬妮穿过富丽堂皇的大堂，并不回头看他。

莫弦绝望了。

莫弦眼睁睁地望着芬妮那让人怜惜的背影在面前消逝，而他却是如此无可奈何。但莫弦不知道，也就是这一晚的温柔和激情，已经将他的一切注入了芬妮的心底。他的气息，将一辈子在芬妮的身边缭绕。芬妮心想，莫弦是不会知道的，也是不会理解的。

莫弦在办公室打过几次电话给芬妮，但她的手机却总是无人接听，莫弦的心一点点地直往下沉。在电脑上打开自己的邮箱，莫弦意外地发现了芬妮发给他的一封电子邮件。莫弦一下子激动起来，飞快地点击着鼠标，看到的却是一个早已知道的古老的阿拉伯故事，除此之外一个多余的字都没有：

一天中午一个仆人到市场去买东西，忽然看见死神在人群中向他做鬼脸，他吓傻了，东西没买就跑了回去。他对主人说，我看见死神找我了，我不想死，我要逃到麦加去躲开他！他骑上主人借给他的快马立即向麦加城狂奔而去。主人看到仆人被吓成这个样子，非常气愤，就到市场去找死神，拉着他责问为什么要吓唬自己的仆人。死神委屈地说：我并没有吓唬他啊，我只是觉得奇怪，我今晚上要在麦加城里见他，怎么中午了他还在这里？

一切皆为天意啊！

莫弦从小就有写日记的习惯。两个月后的一天晚上，莫弦回到家里，打开笔记本电脑，轻轻地在上面敲出一行字：今天，她结婚了……

春　　梦

1

夜幕正在徐徐降落。

城市上空暮霞尽收，轻烟如缕，大街小巷华灯初上，高楼大厦上明灭不定的霓虹灯，人行道旁兼作广告与装饰的玻璃灯箱，各类款式的行道灯，以及川流不息的大小车灯，它们汇成了一道道灯的河流，喧嚣着向城市的各个角落流去。

梦叶最爱这样的时刻。

梦叶下楼后，从过道的窗户往厅内张望，一眼就看到了妹妹小米。

这是一家小咖啡馆，透过玻璃窗，梦叶看得见外面五彩的霓虹正在闪烁。

唉，天空里飘着五彩缤纷的却又像破棉絮一样的霓虹。

梦叶随口说。

小米说，不，外面是在下着细细碎碎的霓虹雨。

梦叶看着这位说话越来越带诗人味道的妹妹，不知道她要跟自己讲述一个什么样的故事，但至少梦叶的心里是放松的，因为她发现小米还是很平静的，说话也依然很有条理，应该没什么问题。

但不久她就发觉自己错了。

姐姐，也许你听多了这类故事，对我很不以为然。是的，人们在遇到这种情况时，通常会想当然地以为这种男人是个坏男人，一个贪心不足的家伙，沉迷于感官享受，以为他和我在一起是贪恋并掠夺一个女孩子的青春与美貌。

梦叶就是在这时候知道了陈家避这个名字。

小米不排除陈家避爱她与她的美丽有关，但绝不仅仅因为此。如果你知道如鲜花初绽的小米在他之前没有爱过任何男人，如果你知道小米直到今天，任何一个除了陈家避之外的男人即使想挽一下她的手她都下意识地躲开……你就会明白，小米究竟是怎样一个女孩儿，小米的感情世界是怎样的，小米心里所有的空间都怎样地被一个人所占满。

陈家避有过爱情吗？有过真正的爱情吗？陈家避就可以肆无忌惮地伤害他面前的可以清楚嗅到她嘴中口香糖清馨味道的女孩子吗？

小米叹了口气，眼泪就扑簌簌地跟着掉了下来：我到了这家企业上班，我爱上了年轻有为的老板陈家避，我做了他的秘书，他当初答应要娶我的。

梦叶看着眼前的咖啡：你给他的时候他是不是给了你好处？

小米说，好处当然也有，第二天他往我的银行卡上打了十万元。

小米抽噎着说，我为他都做了三次人流了，当初要我给他的时候他答应要娶我，如果他真的娶我，那也就算了，关键是他根本就不想娶我，他做这个企业快十年了，换了好多个女秘书，每个秘书工作时间最多也没有超过一年半的，现在他把我也辞了，又在招聘新的女秘书了。

小米说，姐姐我不想活了。

小米说这话的时候却是那样娇艳欲滴。

梦叶心揪了起来。梦叶劝着妹妹：小米，有一种欣赏和迷恋，未必就是你所期许的真正的爱情，尤其在情窦初开的年龄，很多的爱情就像万花筒中的色彩，不，就像外面的霓虹灯，充满了我们丰富的想象。

小米说，我知道，可我就想嫁给陈家避，就像你想嫁给程哥一样！

梦叶无语了。作为过来人，梦叶知道，女人的一生里也许不会只爱一个人，但往往会有一个人让你笑得最甜、痛得最深，往往会有一处美丽的伤口成为你身体上不能愈合的一部分。

2

陈家避觉得，男人一生所追求的不过是三样东西：权力、金钱、女人。权力这种东西，以陈家避的年龄和个性，他没有兴趣，金钱和女人，应该说才是陈家避孜孜不倦的追求。如今的社会，哪一个有点儿权力或有点儿金钱的男人不对女人有兴趣？陈家避在网上看过一个小趣闻，有人问一个大名人最喜欢什么，他回答是：事业和女人。呵呵，由此可见，名人尚不能免俗，何况大家这样的凡夫俗子？所以陈家避从不在人面前装得道貌岸然。

有一个命题：富人的一掷千金和穷人的最后一个铜板，女人会更珍惜哪一个呢？穷男人会认为如果把最后一个铜板都花给这个女人了，那么这个女人应该会感动吧？也许吧，也许会，但是，你知道女人感动完了会怎样？有一种女人感动完了，会把自己嫁给你，但这样的女人很少，像铀一样的稀少，多数女人是感动归感动，她还是会更喜欢一掷千金的。还有一种女人，则连感动也不感动，她认为你是癞蛤蟆想吃天鹅肉，所以她理所当然地花掉你这个铜板，然后转身离去。因此，假如你是一个穷男人，你就不要想着用钱去打动一个女人，因为你没有钱。

因此陈家避也坚定地认为，金钱是可以打动任何一个女人的。

那晚入睡前，陈家避收到梦叶的短信：想你。

陈家避笑了，他知道，还是一掷千金的富人有效啊。

那个夜晚，确实是个美好的夜晚。伴随着舞曲优美的旋律，一种好似爱情的氛围越来越浓重。陈家避用非常深情的眼光望着坐在面前的梦叶，她也在深情地回望着陈家避。他们谁也没有说什么，只是默默地对望着，静静地听着。当另一首曲子《真的好想你》响起来的时候，陈家避站起身牵着她的手缓缓步入舞池，而灯光，亦恰到好处地暗了下来。

陈家避知道此时此地，即便把梦叶像情人或像舞女那样搂在怀里，梦叶也绝不会有反感，然而陈家避不会。这个女孩子看上去有着非常高贵的品质，陈家避不会在这样充满阴谋的环境中玷污她。陈家避不会这时候做这种事，并不证明陈家避是个真君子。陈家避其实老到地掌握着欲擒故纵的方法。

很多表象都是可以迷惑人的，撕开层层漂亮的包装纸，也许里面只是一堆烂水果，美若天仙的人也许一开口，就会让人失望到底。这样的女人陈家避见多了，比如他以前招在身边的那些个女秘书。当然有个叫小米的有点儿例外。但这小妮子做过头了，居然想要陈家避娶她，居然不懂得放弃也是一种选择和解脱！唉，小女生纯是纯，但就是太把“爱情”当回事了。对于陈家避来说，想要女人，多的是，何必要跟一个纯洁的小姑娘结婚，因而毁了自己一辈子？而梦叶则不同。应聘秘书的简历上贴着照片，照片上的她，长着一双极其好看的眼，眉毛是修过的，妆画得很得体。陈家避旁边的王副总，接过简历认真看了看说：不错，很有品位，如果能娶一个这样的女孩子做老婆，也不枉来人世一回，何况陈总你也该有个老婆了。

陈家避拍拍脑门儿：你也不想想，这样勾人的女孩儿，早就应该名花有主了！

王副总说，不做老婆，做个情人也不错嘛。

陈家避嘿嘿一笑，于是梦叶就成了他最新的女秘书。

此刻，陈家避用右手的指背轻靠梦叶柔弱的腰部，而左手，仅握住了梦叶右手的指尖，陈家避和梦叶的身体，始终保持着一只拳头的距离，即使灯光再暗，陈家避也绝不改变自己的风度。梦叶的舞步极其轻盈，她反应敏捷，陈家避右手的拇指指背微微给她一点儿暗示，她便回报以极其准确的响应。

一曲终了，当他们回到座席上休息时，梦叶面容微红。陈家避说，你一定很累了吧？梦叶说，可不是吗，好久没有跳舞了，你带我这样的生手，肯定还要更累些。

陈家避说，不，你的舞跳得真的不错，我真的没有累的感觉。

陈家避说，喝点儿什么，龙舌兰、朗姆酒、琴酒、伏特加，还是调成鸡尾酒？

梦叶好看的眼睛盯着陈家避：我记得有个笑话，说是一个小女孩儿总爱看外国电影，大人觉得不大妙，就教育她说，你要知道，不是所有的男女都一见面就上床的！女孩子头也不回，高声道，我知道，他们之前总是要喝点儿什么。你刚说的这些酒，人称“四大失身洋酒”，要是再调成鸡尾酒，估计前戏就可以全都免了，对吧陈总？

陈家避转过脸避开梦叶的目光：我不是那意思，好像也不是那种人吧？

看到陈家避尴尬，梦叶也觉得自己有些太尖刻了：跟你开玩笑呢陈总！生活在这个环境中，想要洁身自好是很难的，其实我也真想喝一杯。

梦叶捧着龙舌兰边轻抿边说，在舞池中跳舞的有两种人：一种是舞给别人看的，舞姿舞步极其标准，他们满足的是一种表现欲望；还有一种人是舞给自己的，这种人不讲究舞姿舞步的标准，只求在舞蹈中同自己的舞伴进行思想的沟通和交流，在舞曲营造的意境中感受一种如醉如痴的感觉。

不知为什么，说这些话时梦叶不由自主地表现出一种伤感。注视着梦叶美丽中带着忧郁的面孔，陈家遴忽然有了一种想拥抱她的冲动。梦叶的手不知什么时候伸了过来，陈家遴紧紧地攥住了这只手。握着这只柔若无骨的小手，陈家遴感到了一种久违了的甜蜜。陈家遴觉得，其实有时候，让自己醉的不是酒，而是某种环境，某种心情。

梦叶一丝笑意浮到了脸上。梦叶很清楚，男人是受欲望支配的，先有了欲望然后才会有感情。男人的欲望是一堆干柴，女人是一颗火种，女人一旦将这堆干柴点燃，往往会一发不可收拾。但梦叶相信自己的控制力。

3

两情若是久长时，又岂在朝朝暮暮。这是古人说的话，那时的人均恋爱次数，一定比现在少得多，在生活节奏快速的现代都市里，爱和不爱都变得很快，而时间和空间，更是改变了许多人的情感。如果秦观活到现在，会不会修改这句话呢？人有时候真的需要一个伴，至少一个。开心的时候知道最想和谁分享，痛苦的时候能找到一个温暖的怀抱，迷惘的时候有人陪你一起寻觅方向，寂寞的时候知道还有个人在想念自己。张爱玲写道，这世界上有许多人，可是他们不能陪你回家。

梦叶听到手机里头传来的陈家避有些诧异的声音：秦观与张爱玲，你居然能合在一起读?

梦叶撇撇嘴：陈总你不知道，我读书是很杂的。

陈家避说，别转弯抹角了，我也在想着你呢，到我办公室来吧。

梦叶一进办公室，陈家避就把门关上了。

陈家避一转身将她搂在怀里。

梦叶挣扎着推开陈家避。

陈家避硬拉过梦叶的一只手，按在了自己的心口上。陈家避问，是不是跳得厉害?

梦叶轻轻抽回手说，只要生命还存在，心脏就是一直在跳动的。

陈家避有些恼羞成怒：你不相信我?

梦叶摇头：任何一个女人，只要认识你，就很难将你忘掉，我想你，但不想是现在，不想在这个地方，我不是你以前的那些女秘书!

陈家避的脸色缓了下来。

那你想……

晚上吧，晚上到白天鹅宾馆，我不想到你家里，那太脏，影响我情绪，你别不承认。

好好好，我不辩解。中午了，先去吃饭，我请你，韩国料理怎么样？

你把我当那些哈韩的小女生啊？我不喜欢韩国！我想吃我们地道的老鸭汤。

陈家避于是开着车，带着梦叶到罗汉街去吃那里有名的老鸭汤。

一只带着乡土味的土鸭子，在砂锅里被文火炖到极烂，加了酸萝卜、红枣以及其他的一些配料，那汤汁更加鲜美。

梦叶舀了一勺汤送到陈家避的口中说，其实我最喜欢你的韧劲儿，有一种压倒一切不服输的劲儿，像个真正的男子汉。

陈家避抚着梦叶的肩，梦叶没有躲闪。陈家避笑了。陈家避喃喃地说，梦叶你知道吗，我是真喜欢你的！

下班时，陈家避迫不及待地去找梦叶，却到处不见她的踪影，打她的手机也是关机。陈家避有些着急，转念一想，不禁莞尔一笑——不就是想给我个惊喜吗？看来这个女孩儿还真不是个花瓶，不光人漂亮，也是蛮有心机蛮有情趣的。

于是陈家避一个人在外面匆匆忙忙填饱了肚子，再到白天鹅宾馆开好房间。洗了澡躺在床上，陈家避惬意地想，这应该是个比那天夜晚更美好的夜晚。

但是，过了八点钟了，梦叶没来。

过了九点，梦叶没来。

十点多了，梦叶还是没来。

陈家避急了，中间打了无数次梦叶的手机，都是关机。

快零点了。陈家避知道，今晚已经没戏。陈家避失望透了，恼怒填满了他的心胸。

退房。开车回家。他的眼冒着火。这么多年了，还从没有女孩子敢这样玩自己。

车开过自己的公司，陈家避下意识地望过去，忽然发现三楼梦叶的小办公室居然亮着灯。他迅速地把车倒了回去。

见老板来了，门卫赶快把门打开，并告诉他，秘书梦叶还在上面。

透过窗帘的缝隙看进去，陈家避的心感到的疼痛比原来预想的剧烈得多！他急促出口的怒吼在夜间的空气中已经彻底失去了成为句子的条件——他看见梦叶正倚在脑袋已经没剩几根头发的王副总身上，旁边的果篮里黄黄绿绿的水果鲜翠欲滴，一个青苹果已经削好放在茶几上。

陈家避一脚踢开门进去，他的表情看起来狰狞可怕。

王副总一下子跳了起来，然后是不由自主地后退。

梦叶却冷静得有些异常，她好像知道陈家避会来。

你干什么陈总？她皱起眉头。

陈家避目光里似乎飞出了刀子：你，敢玩我？

我不是玩你，但我确实见不得你见了美女的那馋样儿！

你想怎样？陈家避看看茶几上的青苹果，咬着牙问。

你居然会和这样的人在一起！陈家避用发颤的手指着站在墙角不知所措的王副总。

梦叶叹了口气，摇摇头：这与你无关啊，你是我什么人？

陈家避一挥手，将那篮水果打翻在地。漂亮的水果有几个滚到了他的脚下，他狠狠踩踏过去，地上便有了芬芳的液汁。

我得不到的，别人也休想得到，更何况，是这样贱的狗东西！

梦叶逼视着王副总：你还是个男人吗？一个男人会任别人这样作践自己？

王副总不由得挺了挺胸：陈总，你不能这样骂人……

陈家避愤怒得像一头狮子：骂你？我还要打你！

他一把抓起青苹果旁边的水果刀，狠狠地向王副总甩去。

王副总踉跄了一下，脸上有痛苦和不可置信的表情。

然后，他向后倒去。

水果刀在他的右肩牢牢地挺立着。

4

看守所。探视日。

梦叶说，伤不重，你很快就可以出去。

陈家避阴沉着脸：你为什么要来看我？我想了很久，你是预谋好了一个陷阱，为什么要害我？真看不出你是如此阴险毒辣的一个女人。

梦叶冷笑：我看你？你现在还以为自己是何等人物啊？你确实是蛮让人喜欢的，但我来是想告诉你，你这是报应。你还记得小米吗？被你玩弄又抛弃的小米！我就是她的姐姐！

陈家避惊得张开了嘴巴。陈家避结结巴巴地说，可我，可我补偿给了她钱……

如果不是隔着铁窗，梦叶恨不得甩给他一记耳光：人的心真能如同金钱一样，可以一次结清吗？你真的以为，感情这种美好的东西也不如钞票的面子大？陈家避，你真是欠揍啊！

梦叶转头走出了看守所。

又是那家小咖啡馆。

梦叶是透过那家小咖啡馆透明的玻璃窗看见程哥和小米

的，说起来还真是有点儿出其不意。

梦叶怀着极其轻松的心情准备回家，经过那家小咖啡馆时，发现程哥坐在里面，和一个女孩儿坐在一起，仔细看去，正是小米。他们交谈得似乎十分愉悦，脸上都挂着灿烂的笑容，如同此刻街上的阳光。

梦叶想起这两个月光顾着去教训陈家避了，为了不让他们破坏自己的计划，当初只跟小米说要到外地出差，而给程哥则只是发了一条短信息“我有事情要离开一段时间”就换了手机卡，出外租了房子，便一点儿联系都没有了，现在觉得还真对不起他们。梦叶想进去吓他俩一跳给他们一个惊喜，却突然发现，程哥的一只手正放在小米的手上，还亲昵地喂小米吃着什么东西。

梦叶一下子蒙了。梦叶冲进小咖啡馆，直接奔到程哥和小米的座位，拿起程哥面前的咖啡往小米脸上泼去，然后回转身，给了程哥一记响亮的耳光，这一系列动作是一气呵成，毫不拖泥带水。小咖啡馆里的其他人都吃惊地看着这一幕。梦叶扭头跑出了小咖啡馆，程哥和小米依然呆呆地坐在那里，像两根木头桩子一样。

梦叶接通了小米的电话。小米带着哭腔费力地解释说，姐姐离开的时候什么都没说，程哥还以为是姐姐抛弃了他，她也觉得姐姐对不起他，就经常安慰他，安慰着安慰着就把自己补偿给他了……小米后来哭出了声，她说对不起了姐姐。梦叶一句话都没说，默默地把手机关了，再倒了杯水捧在手中，然后把自己陷在沙发里，泪流满面。

冬天有雪时，梦叶依然一个人孤独而失意。关于爱情，她只字不想提。她知道，一个人要想得到幸福，一定要先学会爱自己，不爱自己的人又怎么去爱别人？

这天一大早，梦叶突然决定去郊外看看雪景。

站在白雪皑皑的土地面前，梦叶长长地舒了口气。

这时后面有个人说：嗨！

梦叶回头望去。

今天下的这场小雪算起来才不过是今冬下的第二场雪吧？我心里一直在遗憾，今冬雪下得太少了，他说，雪能纯洁一个人的心灵，你相信吗？

陈家避走过来，轻轻牵住了梦叶的手。

扑 啦 啦 飞

非亚说："这可是上天赐给的缘分，虽然我们没有真正上天，但起码离开了地面而且还很长一段时间无法下来，对吧？"

瑰丽很遗憾地摊开手："你说得虽然没有多少道理，但不幸的是，我也是这么认为的。"

"死生契阔，与子成说。执子之手，与子偕老。"这是三千多年前某位痴情种留下的痴情话，流传甚广，直传到了孔圣人的耳朵里。当年的孔老夫子可不像他的徒子徒孙那般假正经，老夫子尊重人性，他觉得这痴情话还真是再诚挚不过了，于是立刻将它收进了《诗经》。这四句古诗瑰丽可是在心里默默诵过了无数遍的，她想，现在该与这个人合念了。

但刚要张嘴的时候，非亚忽然消失了，瞬间无影无踪。于是瑰丽在白日梦中惊醒，才知道自己是不小心打了个盹儿。

其时天气正好，风和日丽，晴空万里。

苏珊问："你经常上网，你觉得网恋靠谱儿吗？"

"当然，只是我自己还没有这种经历。"

"我说我有过网恋你会吃惊吗？"

"苏珊，你做任何事情我都不会觉得意外的。你们现在怎么样了？"

"那是一年前的事了，我从没有向别人说过，过去就过去了。但这几天又听到了他的消息，让我感到好压抑好难受。"

"有时候，倾诉也是一种排解的方式，不要把事情总憋在心里，何况你把我当作诉苦对象的时间还少吗？"

"瑰丽，你对我的故事总那么感兴趣？"

"不，说实话，我真的一点儿都不感兴趣，我只是一个很好的倾听者。"

"听我的故事可要付出代价。"

"代价是什么？"

"请我吃顿饭就可以。"

"我请你吃饭？你有没有搞错！听你的唠叨，就像在KTV唱卡拉OK，你唱得倒是高兴了，可我的耳朵呢？受罪啊！你要清楚地记住这一点，你的诉说释放是建立在我耐心倾听的痛苦之上的，苏珊！"

"那好那好，谁叫咱是好姐妹呢，那我就请你放松一次吧。我请你吃饭？"

“总是请吃饭，没意思，有点儿创意好不好？想点儿刺激的！”

“那你说干啥刺激？你以为是玩游乐场啊？”

“哎，你还真别说，多久没去游乐场了？”

“真去啊？两个小女人，有病！”

“不是有病你向我倾诉什么？走吧！”

于是她们就去游乐场坐过山车。

这天既不是周末又到了下午，游乐场里没几个人在玩。进去后，她们第一时间就冲向了过山车。坐上座位，工作人员帮她俩检查好保险措施，瑰丽虽然没有抬头，可还是瞄到了苏珊一个劲儿地在检查她的保险带，于是她也紧张起来，心开始揪紧了。倒数！五、四、三、二、一！哎呀，保险带有没有系好呀？好像还没思考清楚这个问题，过山车就翻转起来，瑰丽感觉头要猛冲向那些黄黄绿绿的柱子，吓得半死，然后就听见苏珊在身边疯狂地尖叫，瑰丽则把嘴巴闭得紧紧的，生怕叫了出来人会松懈，掉下去那小命就没啦。瑰丽感觉翻完一圈又是一圈，似乎永远没有尽头一样。可是等她适应了它的速度，准备享受享受这种刺激时，过山车居然戛然而止。下来后，苏珊说瑰丽你的脸是惨白惨白的，瑰丽说苏珊你的嗓子都叫得快哑了。互相取笑一番后，两个人一致决定再去坐坐翻滚海盗船。

海盗船是橙色的，刺激的颜色。她们上去，此刻乘坐的只有三个人——一个年轻的男子坐在她们前面，她俩则并排坐在一个车座。外面悬挂着的音响里歌手韦嘉在深情地唱着：挂上你的电话 / 我的眼泪落下 / 嘴里哼的不成调 / 走一步要倒下 / 每天装作潇洒 / 站在你的树杈 / 梳梳我的羽毛 / 一动就落下 / 握住你电话的余温 / 我的喉咙已哭成沙哑 / 这样折磨自己也不是办法 / 干脆扔掉了你的电话……

翻滚海盗船隆隆地开动起来，马上就可以在天上荡来荡去了！海盗船在几秒钟内就达到极高的速度，眼前的景物一晃即逝，在两个极点之间大幅度急剧地上下摆动，一瞬间将人无情地抛向顶点，一瞬间又将人狠狠地甩向深渊，苏珊再一次叫得撕心裂肺的，瑰丽也禁不住跟她狂叫起来。

一般情况下，海盗船在空中会转七八圈，约为三分钟。但这次是怎么回事？好像转了不少时间了！这时候就听工作人员在下面喊道：“不好啦！海盗船失控停不下来了！”

坐在上面的三人好容易听清了喊叫，那一下感觉是身心俱焚，简直只能用两个字来形容——崩溃！

海盗船像发了疯一样在空中打着转，音响里韦嘉的嗓子已经唱得沙哑了：扑啦啦啦飞 / 扑啦啦啦飞 / 扑啦啦啦飞去一个热带的家 / 我不管你在哪里得意潇洒 / 我已拥有一个新的天下 / 啦啦 / 扑啦啦啦飞 / 扑啦啦啦飞 / 扑啦啦啦飞去一个

童话的家 / 我从此以后可以快乐到老 / 谁比谁过得更好 / 你知道却去不了……

苏珊和瑰丽终于大哭起来，向下面喊着：“快救我们呀！”坐在前面的那个男子这时已经清醒过来，他仰起头冲她们嚷嚷道：“没用的！只要安全带系好了，抓紧扶手，就不会有事的！死不了！”

因为断电，制动设备无法启动，运行中的海盗船因惯性在空中继续旋转，转了十多分钟直到最终自然停止。谢天谢地，停了！

三个人全都面色紫红、腿脚虚空，感到天旋地转，头晕恶心，想呕吐……好在神志都还清醒。又在座位里坐了好长时间，直到血液重新流回全身每一个细微的角落，他们才从海盗船上蹒跚着下来。

当一起坐在非亚的酒吧时，他们已经全部恢复了正常。一场惊魂的超刺激经历让苏珊、瑰丽、非亚很快就熟络起来，三个人患难之交中有了一种生死相依之感。

非亚的酒吧装潢很典雅，玻璃地板下面是潺潺流动的水流，吧台不远处有个鱼池，犹如热带雨林中的小小池塘，上面是各色的小鸟，时时传来清脆的歌唱，仿佛到处充满着生命力。

非亚端过来他亲自调的酒。

“还可以吧？”非亚关切地望着瑰丽。酒吧暗红的光线正洒在他的头上。

苏珊皱了一下眉：“有点儿怪怪的。”

瑰丽甜甜一笑：“其实这世界最好喝的东西，刚一入口，感觉总有点儿古怪，需要用心，才能品尝出它们绝佳的风味，对吧非亚？”

非亚微笑着点点头：“真正好的调酒师，除了按照程序操作，还要能够在每一杯酒里加入客人的个性，再瞬间构思出作品，就好像上帝用红黄蓝三原色调出了世界。”

非亚认真地说：“但如果上帝让我们回不到大地上，瑰丽你们就喝不到我调的酒了，瑰丽，今天我为你调的这杯是‘心中的秘密’。”非亚认真地看着透着淡淡雅致的瑰丽，此刻的瑰丽就像一株百合花在他心中摇曳着。

非亚忽然换了个话题：“来给你们讲个故事吧，也缓解一下今天的恐怖气氛，说的也是在天上的事情啦：新兵进行跳伞训练，老班长把他们一个一个拉到舱门边，然后推出舱门。一个家伙拼命挣扎，死抓住门边不肯往外跳，班长没容他啰唆，一脚把他踹了出去。后面几个新兵大笑起来，班长怒吼：‘这个胆小鬼有什么值得笑的？’一个新兵道：‘他不是胆小鬼，他是这架飞机的驾驶员。’”

非亚望了望她俩：“还装淑女没大笑？在海盗船上可没

这么优雅嘛！再来一个：有一女子长得奇丑，一直嫁不出去，就希望自己被拐卖。有一天终于梦想成真，但却是半个月也没卖出去。于是绑匪将其送回去，可她坚决不下车，绑匪咬牙一跺脚说：‘走，车不要了！’”

故事讲完了，苏珊和瑰丽都笑得捂着肚子，为那车都不要了的结尾。

瑰丽可没工夫理会非亚生活里“心中的秘密”，她的身心全都扑在湘林那里。

他们是大学同学，准确地说应该是大学时的情侣，湘林是高两届的师兄，瑰丽是师妹。那时的生活真是简单又快乐：白天各自上各自的课，然后在食堂里卿卿我我，晚上他帮她在图书馆里占好座位；周末一起去外面吃饭，看电影，逛商店和公园，几乎都是一直拉着手不放开，哪怕手心里都是汗水。瑰丽现在想起来都还觉得这才是初恋的感觉，没有任何承诺，单纯得让人窒息。

湘林先毕业了，远隔千里，除了最初离别时心的剧烈酸疼以外，同其他的大学情侣一样，他们联系越来越少，思念也越来越模糊。等到瑰丽毕业的时候，她接到了他的一个问候电话，两人平静地聊了一会儿，不痛不痒地客套着，最后他说了一句，在这个寂寞的城市我经常会想起你的身影。放下话筒，她突然泪如雨下，那一刻她终于知道，这个男人在自己心里从来没有离开过。

多愁善感的南唐后主李煜在政治上是一个昏君，但在文学上却让人不得不佩服，尤其是这句“剪不断，理还乱，是离愁，别是一般滋味在心头”。其实，冷的时候，锦裘不如爱人的拥抱，寂寞的时候，狂欢不如爱人对面一笑。难熬的不过是相思——相思如细雨，绵长；相思如锦蝶，飞舞；相思如秋歌，萦绕；相思如他，忘不了。于是她毫不犹豫地来到了他所在的城市，她决定要陪伴他的终身。

她在一家地产公司做文员，通过报纸旮旯里的广告和另一个外地来的陌生的女孩儿合租了一间房子，这个女孩儿就是苏珊。一年后，她搬到湘林那里和他住在了一起。

当然她也很清楚苏珊爱上了非亚，而且她也陪着苏珊找到非亚一起出去玩过几次，每次她在不经意间都会撞上非亚那无奈的眼光。她也接到过非亚的电话，接电话时她傻笑着，说非亚你知道的，我有男朋友，我很爱他的。然后他们就疏远了，但她清楚苏珊和非亚还有着联系，但苏珊几次单独约他，都被他找借口推掉了。当然这也是苏珊忍不住告诉她的。

瑰丽想不到自己和湘林的爱情故事竟然也会落入那样的俗套。她没告诉湘林自己有了他的孩子，她知道他们还没有能力和精力让这个小生命诞生到这个世界上，她平静地在苏珊的陪伴下去了妇产科。回到家里的时候湘林还是不在，瑰丽也没在意，因为他已经好几天没回来了，一段时间以来他经常这样，湘林解释说公司近期生意特别好，时常要加班，所以就在办公室休息了。湘林是公司里的一个部门小主管。就当瑰丽蜷缩在床上的时候，她的手机响了，是湘林打来的。湘林说瑰丽对不起，我们分了吧；湘林说我们董事长的女儿和我好了，瑰丽你知道，我不能没有我的事业；湘林说瑰丽我从此不回去了……瑰丽没等他说完，把手机一扔就睡着了。

天全部黑下来的时候瑰丽醒了。醒过来的瑰丽突然记起了湘林在电话里说的话，瑰丽居然一滴眼泪都没有流出来，瑰丽想这一切真像梦，太像梦了！然后，瑰丽的眼泪就开始一颗颗滚落，那么大颗，像断线的珍珠。那些瑰丽曾经以为会陪着自己一生一世的东西已在瞬间被带走，已在瞬间被天空的黑暗所吞噬，她感觉，爱已经掏空了自己的五脏，还吸尽了自己的血和肉。瑰丽无比悲伤地想，爱，从来都不可信赖。

当瑰丽再次醒来时，满眼都是刺目的白色，天花板是雪白的，盖着的被子是雪白的，床单是雪白的，连站在面前的人身上穿的也全是雪白的。接着，就听见苏珊带着惊喜的哽咽的声音："醒了？醒了！你这个傻瑰丽！你好傻啊你！要不是非亚，现在就得在太平间里见你了你这个傻丫头！"

苏珊在她的耳边唠叨着："非亚今天打了好多电话想找你出来我们一起吃饭，但你的手机总没人接听，他感觉事情有些不对，就赶到你那里，从窗户望见你瘫倒在床上，他破门而入，紧急把你送到医院，这样才救了你的一条小命！”

非亚一直安静地站在病床床头，默不作声。瑰丽不敢看他那关切和心疼的眼神，她转过脸去，轻轻闭上了疲惫的双眼。瑰丽在心中苦笑了一下，知道从此在自己的心灵日记里会多出这么一段文字：这是今年入冬以来最寒冷的一个日子，就在这个日子曾为所谓的爱而殉情，不过，未遂……

无论冬天怎样严酷，大地总还是会回春的。大地回春的时候非亚说瑰丽我们去郊外照相吧。瑰丽说：“好啊，苏珊去吗？”非亚装作没听见。

“你说我是不是有点儿小心眼儿？事情都过去很久了，我还这么耿耿于怀。”出门时，瑰丽突然转过头问非亚。非亚笑着摇摇头说：“心被伤了是不可能无痕的，更何况是这么大的伤害；但是，既然已经过去了就不要再记着这些伤害，让它破坏你快乐的生活，回不到过去就重新开始吧，也许你会发现另外的好。”

瑰丽和非亚，两个年轻的男女去了南郊很偏僻的后山。非亚知道这地方才适合瑰丽现在的心情。

山上没有其他人。山坡上大片大片的野花开得灿烂。瑰丽站在灿烂的花儿中间，山风吹过来撩起她的长发。非亚忘情地注视着宽屏里的那个女子，那个像百合花一样的女子，和旁边的野花一起，轻轻摇曳着，在他的眼睛里，在他的心里。

非亚按下数码相机的快门时，只听吱的一声，屏幕全黑了。非亚顿时傻眼，忘换一对新电池了！怎么办？附近没有人家，更不会有商店了。返回去买？这不可能，严重影响心情，瑰丽绝不会再来的。

“怎么了？”瑰丽问。

“没事没事。”非亚立刻镇定下来，“我们再拍吧。”

于是他一直拍，好像永远也拍不完。瑰丽也没再问什么，脸上挂着恬静的微笑，按照非亚的要求摆着姿势。

终于累了的时候，两人并排坐在山坡上。非亚说：“瑰丽唱首歌听吧。”瑰丽莞尔一笑：“下次吧，下次给你唱。”

两人无话。许久，非亚突然说：“瑰丽，你知道吗，从见你的第一面开始，我就喜欢上你了。”

说这话的时候他没看瑰丽，而是望着远处山谷随风摇摆的野草。

第二天，瑰丽找非亚问：“非亚，照片你存在电脑里还是冲洗出来了？”

非亚说：“要看照片就唱歌给我听。”

瑰丽就轻声唱了起来，一首接一首地唱。然后她伸出手：“照片呢？”

“对不起。”非亚哑着嗓子说，“相机坏了，所以我们明天再去重拍。”

瑰丽愣愣地看着他，然后说：“你也是骗子。”然后起身要走。

非亚急了，一把拉住她：“瑰丽你别走！真的对不起，是相机出问题了！你要怎样才相信我的真情？要不要我把心拿出来给你看看？”

瑰丽冷冷一笑：“那我可不敢，但用谎言和心机编织出来的情感世界总会满目疮痍的。让我相信你？你说我如何去相信你？如果我说要一个你刚从大海亲自捡拾来的贝壳，你是不是要偷偷到海产市场去买一大堆回来？”

瑰丽一甩手走出了酒吧，一个人头也不回地消失在这座城市夜晚那暧昧的灯影中。

手机短信息的嘀嘀声将她吵醒了，是非亚发来的：瑰丽，不管你相信不相信，明天我将把我亲手在海边拾的贝壳交给你。我现在飞大连了，再见！

瑰丽睡得还有些迷糊的脑子顿时清醒了，她翻身下床跑到窗边，一下子打开窗帘，这是一个阳光明媚的早上，万里晴空蓝得让她充满了力量和自信。瑰丽似乎看到了一架飞机正呼啸着冲向蓝天。瑰丽心头一阵战栗，仿佛心底里最柔软的地方正被非亚温柔地抚摩着，同时她也有些得意，早就知道你的相机有问题，连镜头都没伸出来嘛，笨蛋非亚，你居然都不知道我是心甘情愿让你骗的！但你毕竟先骗了我，就要受一点儿小惩罚。

中午在办公室，瑰丽边吃着盒饭边在电视前看午间新闻，不经意中看到了从本市飞往大连的某架班机坠毁的消息，她不敢相信自己的眼睛和耳朵！

一下午她都是在惴惴不安中度过的。好不容易等到下班回家，她立刻打开电视机，本市新闻正在播出遇难者的姓名。她不敢看，却又不能不看，她的心在默默地祈祷着。然而，一切都没有用，一切都仿佛是在冥冥中注定了的，当非亚的名字出来时，瑰丽的脑子轰的一声，整个人都晕了过去……

非亚，你知道吗？我又梦见你了。你第一次，拖着我的手，去游乐场。天色一点儿都不好，很暗。我们进了鬼屋，里面很黑很黑，我什么都看不见，吓得不停地叫，你紧紧抱住我说："别怕别怕，闭上眼睛，靠着我走就行了。"我们又坐上了海盗船，这次是两个人紧紧坐在两个连在一起的座位上，转呀转呀，我哭了，要呕吐了，你紧紧贴着我的耳朵说："别怕别怕，只要安全带系好了，抓紧扶手，就不会有事的。"我害怕地问你："如果安全带松了怎么办？"你说："不要紧，我陪你一起飞，然后坠落。"可是，你却独自飞走了，只剩下我无助地坠落到黑洞里，一秒，两秒……然后我就醒了，我不愿意醒来，要真从这儿掉下去该有多好啊，那样我就可以陪你去天堂了，然后在那里一起祈祷。非亚，你不知道，我好想再让你拥抱一次，好想再听你对我说一声“我爱你”，好想……好想……好想你…… 我脑海里又映出那天在山上的你，想着你看着我笑的样子，牵我的手小心翼翼的样子，吻我时满脸通红的样子。当时你说想与我约定今生，期待齿摇发落的爱情，想如同末日一样去爱。你说过，守候一个约定已经足够了，几生几世的爱，不敢去奢望，怕承担不起；你还说过，爱一朵花，就是要陪着她绽放的。可现在呢？

瑰丽独自一人在游乐场门口。

不远处的树上，一只鸟儿拍拍翅膀，扑啦啦飞上蓝天，刺眼的阳光将云层照耀得薄如蝉翼，令瑰丽的眼睛毫无征兆地流出了泪水……

断　　点

1

接完电话的那一刻，我有一种难以割舍的感觉，摸着有点儿发烫的手机，我清楚地看见是三十分三十六秒。时间长吗？不长，比起曾经无数次长达两个多小时的热聊，这真的是少之又少了，但我居然又和他聊这么久，这倒是我不曾想到的。我忘记了刚才在电话里都说了什么，只是觉得一颗心仍在空中飞啊飞，没有方向，没有目的，只是在空中保持飞的姿势。我知道，他真的是印在我生命中了，不管他对我做了什么。

把手机扔到床上，我告诉自己，一切都在继续。十字街头隔离带的花儿在继续绽放。已经开始炎热的天气在继续升温。大道上没人管的的士在继续疯了似的撒野乱窜。生活仍在继续，对栗宋的爱仍在继续。

2

我躺在病床上，病床前挂着一级护理的牌子，接着护士悬上了吊瓶，说需要马上输液。这一来栗宋更感到紧张。医生过来，栗宋便向他了解病情。

医生告诉我们：急性阑尾炎是阑尾的感染性炎症，发病表现为阵发性的上腹痛，同时伴有恶心欲吐感；几小时到二十四小时内，疼痛转移至右下腹，部位比较固定；如果疼痛不局限于右下腹，扩展至全腹，则提示阑尾炎症已发展到化脓、坏疽的阶段，可能引发弥漫性腹膜炎。医生告诫栗宋说："这种病的治疗以早期手术为原则，如不太典型者，可先服用一些药物做保守治疗。所以你不能掉以轻心，今晚要密切观察，发现不对就要准备手术。"

病房里分两排摆了四张床，连我在内已经住满了，都是急性阑尾炎患者，有两个做完了手术，都有陪护。我输完液后疼痛减轻了许多，无聊中便有心情细看，判断出病人与陪护都应该是夫妻关系。很快我的判断就得到了证实，他们双双挤到了一张病床上。栗宋看一眼我，我急忙将目光避开，其实我也注意到了他的休息问题。栗宋出去了一下，回来时手里多了个小凳子，他将小方凳放到床前，准备趴在我的床前过一夜。同病房的其他人都在注视他，我感觉到了栗宋的浑身不自在。隔床的病友问栗宋和我是不是兄妹，他摇摇头，没想到病友又问是不是情侣，栗宋一下子有点儿难堪。栗宋什么都没有回答。我悄悄从心底里叹了一声，突然涌上一种悲凉的感觉，眼中顿时有点儿湿润。但栗宋没有看到。

无言中坐了一阵儿，突然栗宋的手机响了，他急忙走出病房外去接。我隐约听见他说："不行，十多年没见面的老同学了，好不容易凑到一起，约好玩个通宵的，中途走了不像话，今晚我不回去了，你早点儿休息吧。"然后急忙挂了电话。

病室的人都睡了，长长短短的呼吸声此起彼伏。我没睡，觉着病情轻了许多，已经基本感觉不到疼痛了。我把感觉告诉了栗宋。栗宋脸上露出了一丝欣慰的表情，但他还是对我说，不疼了，也许只是止痛药物暂时起的作用，目前还不能疏忽大意。

我侧身转过脸来，不自觉地向他靠了靠。我感到两人的头已经挨得很近。我悄声说："平时连打针我都害怕，更别说要做手术了，我现在心里也还特别害怕，根本睡不着。你陪我说说话吧，你给我讲点儿有意思的故事，我心里就不紧张了。"

我静静地看着他，知道这种表情下的我更显得恬静温顺迷人。栗宋便将头向我凑凑，用耳语一样的声音向我讲述他最近到云南采风的见闻。听了一阵儿，我闭上了眼睛。他不再讲，轻轻给我掖好被子。

还不到后半夜，我突然醒了。环顾四周，那些陪床的家属都和病人紧紧挤在床上。屋里很静，栗宋正坐在我病床前打盹儿，但又似乎是有些冷无法入睡。我抬头再左右看看，然后将身子轻轻移向一侧，小声说："你为什么不上来睡？你上来吧。"

栗宋起身，坐到我的病床沿上，微笑着看着我说："我没事，再坚持一下天就亮了。"

我看到了一双清澈而满含温情的眼睛，离我那么近，近得让我无法拒绝他亲切而温暖的笑容。

我一下子感觉有点儿恍惚。定了定心情，我说："谢谢你了，如果今天不是有你，我也不知道现在会是一个什么样的结果了……"

我的声音很久没有这样温柔过。

栗宋还是微笑："别说什么谢不谢的，谁叫我刚好遇上了呢？我们本来就是朋友嘛。你一个人在家，平时要注意照顾好自己。"

一个人在家！不禁心酸起来，我的委屈和难过，又何止这一回突发的病痛。

3

夜如泼墨，华灯初上。

城市露出它温香软玉的一面。

这时也是我作为年轻女人的各种意识开始醒来的时候。

栗宋来过无数次。只是他近来已许多天没有了音讯，好久未和他接触的心里蓄有一股温火，我思念着他，如遥想初恋情人一般，漂流的想念，使人的寂寞感倍增。

我打开了房间的灯。房间的灯光是软红的、柔绿的、粉黄的，而巨大深厚的淡桃色窗帘则暧昧地垂着。我知道，我已不是在校时的伊人，不是灿烂阳光下柔黄的油菜花中回眸嫣然甜笑的伊人，不是一片槐树花香中长发依依的小妹妹，虽然，我也只是二十三岁的如花年龄。可是，我依然还是这样义无反顾、死心塌地地爱上了一个并不属于我的男人。

走到床前，将照明灯全关掉了，只留着床头的装饰灯，房间立即显得昏暗而轻柔起来。

手机响了，《一生何求》的音乐铃声，我知道，是栗宋打来的。他轻声说："我就在楼下。"

打开门，一个站在屋里，一个站在门外，一瞬间居然彼此都有点儿陌生，愣愣地对视着。

我嗅着栗宋身上散发出来的气息，再也忍不住了，一把将他拽进房间里，两只手紧紧地缠绕在他脑后，把正在进行中的拥抱状态，无声地定格住。

我知道，人生能有一份至死不渝的爱，那是一个人最大的幸福，这种幸福是一种发自肺腑的激情，也是来自生命底层的一种冲动，让你要死要活地兴奋快乐，也让你要死要活地难受苦恼。这种爱的幸福属于天意，只可降临，不可强求。如果人一生遇不到这种爱情，不管你多么富有，那这辈子也算白活了。其实每个人一生应该有一次，把全部的能量燃烧起来，就这一刹那的发热发亮，即使葬身火海，也甘心情愿。

我有！我紧紧偎在栗宋的怀里，真诚地对他说："我想为你生个孩子，好吗？"

栗宋似乎吃了一惊，有些诧异地看着我。

我不死心地说："你不是说和你妻子在一起，就好像是左手摸右手，一点儿感觉也没有吗？"

他侧转身，支着我的双肩："是啊，但是，但是，如果把自己的一只手砍掉……何况，我们，还有个女儿！"

我不再吱声。我的心在一点儿一点儿地下沉。我突然有一股无比强烈的怨恨！我不明白，刚才两人还好端端的，怎么说着说着就成了这种结果。爱恨变化如此之快，也就在瞬间。

4

说实话，自小以来我都没什么女性的好朋友，我喜欢跟男孩子们在一起，我喜欢他们特有的那种味道，如今也还如此，结婚前结婚后我都还有许多男性朋友，我爱在他们面前撒娇，而他们也都乐意为我去做任何事情。这也是栗宋最看不惯我的地方。

我也开始认识了他圈子里的朋友，当然多是男性。

我注意到了一个三十六七岁的叫黄文的男子，是一个手机城的老板。我对他很有好感，因为我感觉他是商人，但在他身上却找不到商人的狡诈和奸猾，也许是他隐藏得太好的缘故吧，不过我又何必去计较呢？

相熟以后，他经常请我出去吃饭或去 KTV 唱歌，当然开始的时候也有栗宋。

我下意识地不想让他知道我和栗宋的关系，只要有他在场，我都刻意和栗宋保持一段距离。

栗宋似乎也觉察到了什么。这天与栗宋一起吃早餐，接到了黄文的电话，聊了许久，心里愉悦得很，也没注意到坐在旁边的栗宋已经铁青了脸。

终于挂了电话。

栗宋说话了："有必要聊那么久吗？而且声音是那么黏糊糊的！"

我心头一火，出口就不客气："你教训我？你有什么资格！我想对谁黏糊就对谁黏糊，你管得着吗？"

我一摔筷子走了。故意走得很慢，一回头，不见栗宋追出来。

我的眼泪就掉下来了。我这人是刀子嘴豆腐心哪，你栗宋难道不知道？既然这样，那就不怪我了！

从包里拿出手机，电话的那头一个很爽快的声音："你等我，我开车过去接你，到我这里来喝茶。"

两个人坐下来，看着对方，我始终保持微笑。我把手放在玻璃桌上。黄文也把手放在玻璃桌上。

我的手指上有一滴水珠。黄文把纸巾递过来，却压住了我的手。那滴水珠被压碎了。我能感觉到，水在两个人的手指间散去。手掌压着手背。我的心跳得厉害，但我还是控制了自己的颤抖。我的眼睛迎接着黄文的眼睛。我的头发滑了下来，我知道那是很女人的一滑。四周安静极了，空气也似乎停止了流动。

黄文说："你知道吗，是你，让我内心对爱情的向往复活了。”

我不作声。其实从他的做派来看我就已经知道他绝对是一个老手，但是我喜欢，我就喜欢看到男人在我面前的这副模样。

“我是一棵长期缺乏雨露的小草，而你就是一场及时雨。这棵小草一旦有了雨的滋润，就再也忍不住了，无论多坚硬的岩石夹在它左右，它都想突出出来，让自己的身体出现在地面上，去接受阳光和更多的雨水。”

“我要走了。”我把手抽出来。

“我送你。”

“不用。谢谢。”

绕过玻璃桌，我离开。

晚上，接到了栗宋的电话。从语音里面，我知道他喝醉了。他在电话里反反复复地问我：“你还爱我吗？你又爱上了谁？”

我冷冷地答道：“如果不是因为你，我会爱我丈夫一辈子的。我喜欢谁，这你管不着，但我还是告诉你，现在我只爱你一个，但今后会不会变，我也不知道。”

我问他：“你在哪儿？”

听得见他长叹了口气，然后说：“我在江边坐着呢。”

后来便是很豪壮的声音：“谁说天上的星星数不清，今天晚上我就要把它们都数出来！”

电话断了。我的眼泪又下来了。其实我知道，他是那样地在意我，四年多来他的一举一动无不流露出对我的呵护和深切的爱，但我绝不会再打过去，绝不会。

我拨通了黄文的手机。

5

我去看姐姐。

姐姐开了一家美容院。

姐妹俩亲密地坐在大厅的大沙发上。大厅的氛围优雅宁静，点缀着一些文竹、万年青等盆花，在墙角还悬挂着一盆可爱的吊兰，纯净、新鲜，翠绿怡人。

姐姐绝对是个美女。她今天的精神很好，穿着一件无袖的高领紧身毛衣，露出圆润的肩。她递给我一杯饮料。

“这是什么？”

“你希望是什么？”姐姐笑着反问。

“一杯清水。”

“这就是一杯清水。”

她亲昵地拍拍我的手。

大厅旁边的休息区布置了一片小小的竹林，林旁的小路铺着鹅卵石，墙上凸出片片灰色石瓦，墙顶的一排水流沿瓦片次第流下，发出叮叮咚咚轻柔的水声，而小提琴奏出的《梁祝》在水声里若有若无，但无论怎样，却都无法令我再有以前心旷神怡的感觉。

“我有了。”我轻轻地说。

“那好啊，有个孩子你平时就不会那么寂寞了。”姐姐并没有诧异。

我觉得我的声音飞出了我的灵魂。

“不是他的。”

我低头不敢望姐姐的眼睛。我能够想得到她的表情。

“栗宋，你认识他的。”

说这话的时候我像个做错事的小学生。

许久，我终于小心翼翼地看了看姐姐。

姐姐的妆化得很精细，但漆黑的眼眸却是天然的，深得让我无法判断她的意思。

她轻轻地为我理了一下进来前被风吹得有一点点凌乱的头发。她安静的样子让我宽心了。我心里清楚，她是我的姐姐，我的亲姐姐。

我忍不住一口气说了好多好多。这么久了，我心里充满了太多的郁闷，我真的好想姐姐能明白我，我不是背叛，我爱栗宋，我想他，我真的无能为力。

姐姐耐心地听着，带着冷静的微笑。

她当然听得懂，但我对她的反应还是有些意外。

舒服多了，憋得太久的事情说出来就舒服。

“跟他在一起，我觉得自己的血液都被洗过了，单纯而激越，我就喜欢依偎在他怀抱里的感觉。”

我感到自己的眼角溢出了泪花。

姐姐凝视着我。

“我知道你的感受，其实我自己又何尝不是如此呢？”

姐姐的声音具有安抚性，非常柔和。

我吃惊地看着她。

她的眼光转向远处，变得有些迷蒙。

“妹，我告诉你个故事。一只蝴蝶死在路边，有三个人从它身边经过。第一个人看了一眼就走了。第二个人把蝴蝶捧了起来，放到一个干净的地方。第三个人把蝴蝶埋了，还立了一块碑。蝴蝶来世化作女人来报恩，嫁给了第三个人。和第二个人有一段情，却有缘无分。姐姐也是到现在才理解这个故事的。”

“所以，妹，别强求他，也别难为自己。去医院做了吧，姐姐陪你。”

身体可以被约束，但思想的翅膀若要飞，谁也无法把它的毛给拔下来。我又一次从梦中惊醒，想抱住身旁的栗宋，但是除了他送的那个软软的大沙皮狗玩偶，什么也没有，我茫然，然后是一阵刺骨的疼痛。

6

在另外一座城市做警察的丈夫回来休假了。

他的回来没让我觉得有什么不同。我已习惯自己照顾自己的生活，已经没有了最初对他不在身边的委屈和怨恨，对他我仿佛已是心如止水。老实说，做爱，也是如此，我闭着眼，而眼前浮现的却始终都是栗宋的那个样子。

晚上一起出外吃过晚饭回来，他先去洗澡。当他擦着头发从浴室走出时，我正在上网。他见我打字飞快和谁正聊得起劲，便凑过来想看个明白，我眼疾手快地把界面最小化了。他有些生气，但我还是坚持不给他看，我总可以有我的隐私吧？他拉不下脸来动粗，气哼哼地进了卧室，关门时我听到了无辜的门痛苦地呻吟了一下。

我告诉头像正一闪一闪的黄文：我丈夫发火了，因为我不让他看我和你的对话。

黄文回话：咱不怕他，不就是个小警察嘛！

我有些不高兴：你怎么能这样说呢？

黄文：好好，对不起，那就聊聊我们的事行吗？

外面不知什么时候下起了小雨。南方城市的夏天总是躲不过连绵的阴雨和潮湿。在这淅淅沥沥的雨声里我睡得格外香甜，以至于起床的时候已经是早上快九点钟了。

我平时总是开着电脑，QQ 长期在线。一觉醒来，我忽然想起丈夫在家，而我后来却忘记关掉 QQ 了！

我连忙跳起来，跑到电脑前。QQ 上面正显示着昨晚的一段对话：

（我）：很高兴和你在一起，每次都让我回味，不管我在你心中是怎样，既然我对你真心付出，我就会珍惜每一次。谢谢你给我的快乐！

（黄文）：我也是认真对你的，我知道与你在一起机会不是很多，我非常珍惜每一次在一起的机会，我真的不希望你想这么多，我也不是乱来的人，我希望你相信我好吗？我能这样拥有你，我非常快乐！

完了，丈夫肯定看到了！怎么办？我用牙拼命地咬住下嘴唇。从屋内往外看，外面的天黑着一张脸，时不时还飘过些风起时的纸屑，估计快要从小雨下到大雨了。这种天气比较适合此刻的心情，暗淡、阴沉，很不开阔。

丈夫不知什么时候站在我身后，什么话也不说，我也没吭声，所谓言多必失，有时候沉默倒是防止战争很好的方式。

但我不得不去解释，因为我不想失去这个家庭。和丈夫谈完话后我有种很无奈的感觉，人有时就是得这么虚伪，所说的并不是自己所想的，而且还把这些话说得跟真的似的，就像男女之间的誓言，其实有时也并不是很情愿。看来婚姻果真如鸟笼，两只傻鸟儿待在一只笼里扑腾，尽管相互避让有时也免不得头顶着头、翅膀拍着翅膀。

7

我终于决定离开这座城市。我没有别的选择，为了这个家，也为了我自己。

我让丈夫打车和我一起去公司拿回我的一点儿东西。我工作的公司就在离黄文的欣移手机城不远的地方。

来到公司，我让丈夫在楼下等我。

整理完东西我下楼去找他，四处都找遍了却不见他的踪影。我着急地掏出手机正想拨打他的电话，却见他阴沉着脸从一个角落走了出来。我苦笑一下，挥手拦下一辆的士，然后把东西扔到车上。

“我看见你说的那个黄文了。”他突然极认真地说。

我心里一顿，无言的疼痛瞬时又翻涌起来。

“我说过没有你想象的那回事儿，你为什么不信我？”

“信不信都没有关系，以后他不会再找你了！”他一脸的肯定。

我别转过脸去，不想也不能让他看见自己已经泪流满面的脸。

火车票已经买好，我也整理好了所有的行李，就要离开了才知道对这座城市自己是多么留恋。我多想再见他一面，当然不会是黄文，对，他是栗宋。但我不能够打电话给他。我情不自禁地又陷入一种迷惘中，记忆中的一切既是那么熟稔又是那么模糊，一点儿一点儿开始逼真地在我眼前重现。我真正爱的是他，爱得甚至忘记了隐在幸福后面的残酷。

丈夫在阳台外看风景，我想抓紧时间休息一下。

随意打开电视，正在播出的一条新闻让我大惊失色：今天上午，在我市欣移手机城附近发生了一起重大车祸，一辆轿车因车速过快失去控制撞毁在护栏上，一名叫黄文的男子不幸遇难，经抢救无效已经死亡，事故原因目前正在调查之中，但据警方负责调查的有关人员透露，不排除有人故意破坏车辆刹车系统的可能……在电视画面中，我还看到了自己日思夜想的栗宋，他和几个朋友正满脸悲伤地在抢救室等候最后的消息。

一时间，我几乎不能相信自己的眼睛，我一下有点儿反应不过来，一切都让我慌乱不堪，我捂住眼睛，瘫软在房间里。这到底是怎么回事？

我去找丈夫。他正静静地站在阳台上一动不动，像一副剪影，但在远处高楼大厦的背景面前又显得如此渺小。我从未见过这样的他，那一刻，面对着呆呆的他，我突然仿佛明白了一切……

雪　　女

芳子喜欢夜。

也许因为环境污染越来越严重吧，城市的白天似乎总是笼罩着一层灰色，即使那乍一看上去还是那么明晃晃的阳光，仔细看也会感觉到外面还裹着隐隐的灰色，如同生活在城市里的人们的心情。

只有在太阳无可奈何地西落之后，城市才会逐渐露出她的媚态来，给人们无穷的想象余地，从这个意义上说，城市是越来越女性化了。城市的夜是那么迷人，车水马龙，宽大的街道两边的灯饰总是有增无减地挤在一起，散发出璀璨的光芒，在光芒下来来往往的人们已没有了日间的烦躁。夜色对女性们来说尤其仁慈，让她们很方便地就把岁月留住了。

但芳子喜欢的却不是这些。怎么说呢？这些都是表象的东西，芳子喜欢的是夜的实质。夜是阴凉的、温柔的，犹如女人没有上粉的肌肤。在夜晚宁静的房间里，坐在闪烁着荧光的电脑前，芳子仿佛进入了另一空间，没有空虚寂寞，只有时间的飞逝和快乐的感受。

多么渴望永远在这个世界里。

冰山雪客说，人在对现实不满时，首先想到的是逃避，而不是去改变。

芳子笑。

嫁给了一个商人，你就不能抱怨他没有时间陪你。你得支持他的工作，理解他的难处，谁让你当初崇拜他这个人呢？你当然知道崇拜和生活在一起不是一回事，但当你真正清楚时已经迟了，因为你已经嫁给了他。所以，你得自己学着用安静的或者快乐的心态，度过他经常不在身边的时光。读书让人增长知识，写作让人安心，上网让人“乐不思夫”，跳舞可以在音乐声中漫步。艾晚婷，自己找一种吧。

芳子有些恼火。讨厌！她咬牙切齿地打上一句。

这家伙确实聪明。芳子又不得不在心里赞上一句。

芳子去长沙出差时专门去逛了岳麓山。从岳麓书院出来往山上再走不远有一座亭子，这就是著名的爱晚亭。芳子一看到这亭子就呆住了——爱晚亭？这么熟悉！她居然莫名地有一种深深的依恋，冥冥中依稀感觉自己上辈子的情感经历就是从这里开始的！于是，在网上，芳子毫不犹豫地就把名字叫作“艾晚婷”。

还从来没有一个网友猜出她这个名字的来历，但前几天的一个深夜里，屏幕上突然跳出的一行文字让芳子已经聊得有些昏沉的脑子瞬间清醒了——你那么喜欢爱晚亭？芳子留意看了看这个找上门来聊天的不速之客，一下记住了他的名字：冷风冷雨之冰山雪客。

明天要早起去工作，拜。此刻，不等冰山雪客回话，芳子就下线了。现实中的芳子无法不面对现实的白天。

昨天就安排好了，今天的工作就是去采访一个画家。

这个采访其实是芳子在前一段时间就定好了的。作为市电视台访谈节目的主持人，芳子经常为寻找访谈对象伤透脑筋。那次在美术馆拍摄本市名家的画展，芳子被一幅名为《雪女》的油画深深吸引住了，以芳子的美术修养她清楚地知道，这是一幅佳作，虽然当时在这幅画前欣赏的没几个人。芳子立即向画展的组织者要来了这位画家的联系电话。但后来联系了好几次，他都不在家，说是在外采风。早上一到台里，芳子就接到了他的电话，说已经回来了，愿意接受她的采访。

助手小胡将车开得飞快，因为这是郊区的路段，车子很少。呼呼的风让芳子感觉有些恍惚，仿佛坐在一支箭上，迅速，又无声无息，进入另一空间。

小胡给车载音响换上了一张 CD，热烈的摇滚顿时震彻车内，强劲的节奏，声嘶力竭的呐喊，让芳子不由得回过神来。

小胡带着羡慕的口气在震耳欲聋的吼声中大声嚷道：“画家就是画家，这老家伙，住这地方，空气清新，又清静，真会享受，等我老了，我也选个这样的地方，好延年益寿哇！”

芳子莞尔一笑：“别瞎说！他可不是啥老家伙，年轻着呢，才三十多岁，名字我觉得也青春得很，叫王帅。他还没结婚呢，算得上是钻石王老五喽，不过你没机会，因为你不是女孩子啊。”

但是采访的结果却让芳子感觉有些失望。不错，王帅确实是个年轻又略带帅气的画家，特别是酷似张学友的鼻子，再架着一副眼镜，斯斯文文的一个人，散发着淡淡的书卷气。可是这个人又是一个沉默寡言的男人，没有多余的语言，缺乏让人了解和沟通的欲望。这样的男人在今天充斥着炒作的商业社会里简直算是稀有动物了，从心底里讲，见惯了所谓成功人士的芳子更欣赏这样的男人，但这样的节目在电视上播出，效果肯定好不到哪里去。敢情今天的工作要白费了！告辞时芳子的心里不觉有些恼火。

这种恼火的情绪一直延续到晚上，又不自觉地带到了网上聊天里。

他不是个优秀的男人！发泄了一通后，芳子赌气地说。

冰山雪客沉默了一阵子。

哎，艾晚婷，我是巨蟹座，你是哪个星座？冰山雪客换了话题。

芳子顿时来了兴趣，她可是很喜欢西方星相学的。

我双子座的啊！

那好，我来给你说说你的性格吧。

你会看星座？

当然了。双子座女子，在她身上找不到一根安定的骨头，对不对？

找骂啊你？快说下去！具体说说我！

好好好，遵命！你生来就是一个不喜欢受约束的人。你从不隐瞒自己的观点。做事，喜欢凭自己的意愿，绝不受人支使。你很漂亮，也很骄傲，对不对？但你的骄傲与美丽无关。你最自负的绝不会只是评头论足这等事，令你引以为傲的是专学多闻、举一反三、触类旁通和广结善缘——你可以兴奋地对超级市场货架上的新产品仔细钻研，也可以把此次奥斯卡获奖影片的风格分析得足以打败影评人，更可以左拥百科全书右抱八卦杂志。谁拥有了你无异于同时拥有了一本字典和一个摇篮。当然，要爱上你的男人，首先得自问自个儿是否有厚如长城的自信心、宽如太平洋的知识、高人一等的幽默感和异于常人的包容力！

讨厌！又跟我谈爱情！

当然喽，哪个名人说过嘛，爱情是人类永恒的话题啊！

贫嘴！快往下说！

那就说了啊！在希腊神话中，双子座的支配星是水星，支配水星的则是传令神赫尔墨斯，他是全能之神宙斯与迈亚的儿子，生得极其俊美且风流无比。因此，双子座的女人天生具有使人迷醉的魅力，往往会令男人有一见倾心的冲动，拜倒在她的石榴裙下。聪慧的你享受捉摸不定的爱情。你是男性环绕的对象，人际关系好，在聚会中总是注目的焦点。你好奇心强，喜欢头脑和你一样灵活的人。你会被拥有自我的男性吸引，不可捉摸的男性尤其是令你心动的挑战。你常会令男人眼花缭乱，有时更会使男人思考打结。但是与你在一起，会令男人感觉到生命中充满了许多趣味，任何趣味，包括悲伤的、快乐的，一切的一切。

啊啊，越说越离谱啦！哼，说说你自己吧！

好啊。巨蟹座是水象星座之首，属情绪较强型，直觉也很强，对所爱之人非常亲切、体贴。这个星座的守护星是月亮，因此极其容易情绪恶劣、阴晴不定。巨蟹座男子是敏感和复杂交织而成的。首先，我们用沉默的方式沟通，因为文字、影像、音乐是我们表达情感的拿手方式。其次嘛，我们低调处理问题，其实低调只是一种态度，也许心里滔滔不绝

（而且，相信我，绝对是），但不会形于外。再次嘛，工作令我们生气勃勃，我们有如山一般坚定的态度。三十五岁以后的巨蟹座男人会比较懂得人情世故，比较专心也比较分得出眼泪和流汗的不同。

净会夸自己耶！敢说说你们的爱情吗？

有什么不敢的呢？巨蟹座老公，在面对事业时，显得勇猛无比，冲锋陷阵，不失英雄本色，他们是最能为生活搏斗的星座之一。巨蟹座老公不会把成就和事业挂在嘴巴上，他们喜欢用家庭当借口，给自己一个退路，其实却是利用家庭生活，寻找思考的空间。巨蟹座老公心思缜密，光是美食佳肴，不足以贴近他的心。要能察言观色，学习做他肚子里的蛔虫，关心他瞬息万变的情绪，才是真正的贤内助。所以双子座老婆：能言善道是你的专长，偶尔把它用在撒娇上，保证效果加十倍，巨蟹座老公最吃这一套！

好啊好啊，你欺负我！我以后不和你玩了！

啊哈，我道歉！不过，你刚才说的那个画家，我觉得他肯定是巨蟹座的。

怎么又说他了？

你明天是否可以找他到演播室，再就几个主题与他谈论一下？我想，只要是他感兴趣的话题，他会谈得很好的。而且，外景与演播室的访谈有机结合在一起，效果会好很多。好了，太晚了，不影响你休息，记得明天找他啊！再见！

这回是冰山雪客不等芳子回话，他就下线了。

芳子愣了愣，再想想，确实是个不错的主意啊，这个冰山雪客，实在不赖。

第二天一大早，芳子就来到了演播室。她认真地设计了几个话题，都不是阳春白雪的那种，因为芳子清楚地知道，电视是种大众传媒，你的话题一定要让普通观众感兴趣，比如说那幅《雪女》，普通观众想知道的不会是这幅画的内涵之类，他们更有兴趣的应该是创作这幅画时发生的故事，说白了就是画家与这幅画的模特之间的故事，最好是两人之间发生了浪漫的事情，而且画家三十多岁了还没成家，这里面的隐私是吸引眼球的最大的卖点。芳子觉得这实在是与自己的初衷相违背的，但她明白自己又无法不去讨好观众，她最担心的是王帅是否会愿意谈这类的话题。

电话里王帅有些出乎意料地很爽快地就答应来了。而且在演播室里，他的表现和前一天相比有很大的差别，面对芳子他侃侃而谈，毫无忌讳，弄得芳子还有些怀疑自己是否请错了一个人。

有了王帅的配合，节目很快就录好了，芳子相当满意。她向王帅真诚地表示了谢意。此时的王帅又恢复了原样，温和而内敛，又像一座沉默不语的石山。芳子识趣地闭上了嘴。

芳子想，他才不像冰山雪客呢，哪像网上那位，满嘴的花言巧语。芳子发现，自己还是蛮喜欢王帅的，真的喜欢。

节目播出了，反馈回来的评价不错，很高的收视率。节目组的大伙儿很高兴，芳子也很高兴。她把情况告诉了冰山雪客，冰山雪客也很高兴。

冰山雪客说：我有个担心哪！

芳子：瞎担心什么？

冰山雪客说：你是不是喜欢他啊？我嫉妒啊！

冰山雪客说：下线吧，出来我请你喝啤酒。

芳子愣了愣：你是本市的？骗人！

冰山雪客一笑：我怎么会骗你呢？小笨蛋，我可不敢骗一个本市的大名人。半个小时后我在“热带”等你。不见不散！

临出门前，芳子精心打扮了自己。网上约会，网友见面，如今越来越多的时髦男女都这么做，但有着主持人这个时髦职业的芳子在这方面一点儿都赶不上潮流，虽然也不乏网友约自己。对冰山雪客的邀请，说实在的芳子还是有些犹豫，但对冰山雪客由衷的好感很快便让她把那一点点莫名的担心抛到了九霄云外。当然，既然已经答应了人家，不管怎样都得对得起人家吧。芳子把自己收拾完毕，打了一辆车直奔“热带”。

在上最后一级台阶时芳子居然有些紧张，有一种当年第一次面对镜头时的感觉，一种久违了的感觉。芳子自己也觉得好笑，这是怎么了，像来相亲似的！芳子很认真地抿了抿嘴唇，生怕口红不匀。芳子今晚一改过去“野蛮女友”般的风格，衣裙飘飘，轻轻推开“热带”的门，她知道冰山雪客肯定会一直在盯着进门的女士，她希望给他留下含蓄典雅的第一印象。芳子直到确定了长裙完全飘进“热带”后，才缓缓松开了扶门的手。

“热带”是本市相当有名的酒吧。名为“热带”，其实里面凉爽得很，大功率的空调在耐心地工作着。酒吧的墙面装潢用的是虚假的灌木丛林，打上绿绿的灯光还真的蛮像那么回事，四周的墙上爬满了蜥蜴和一些不明生物，当然都是假的，逼真的屋檐处还滴答地下着人工雨。光线有点儿幽暗，芳子抬眼望去，里面的人不少，女孩儿们穿得都很性感，似乎满酒吧都是吊带衫。等适应了一下，芳子发现情侣们都是搂搂抱抱的，其中还有几对少年情侣，也都亲密无间。

耳旁响起一个似乎挺熟悉的声音：“在这儿呢，芳子主持人！”

循着声音望去，芳子吃了一惊。

王帅正坐在桌子旁，微笑地望着她。

王帅慢悠悠地举起啤酒杯。桌上放满了空瓶子。

芳子举杯，和他相碰。

芳子越来越感觉到他并不是难以接触的人，而且他还有着普通男人无法企及的幽默感和耐心，虽然他的话语依旧不是很多。和他聊久了，芳子发现自己向他倾诉的愿望是那么强烈，他有着在网上无法体会到的亲和力，尤其是在他专注地听着，暖暖地看着自己的时候。

芳子深吸了一口气，然后嫣然巧笑。她也不再说话，就那么安静地看着他，看着他，仿佛是在看着年少时的梦中情人，然后端起酒杯一饮而尽。

王帅买了单。两人一起走出去。

王帅说，我送你回去。

到了楼下，王帅把车停好。芳子下车，有些摇摇晃晃。王帅忙说，等一下，我扶你上楼。

芳子知道自己其实没醉。但芳子还是让他把自己扶进了房间。芳子说，王帅你先看看电视，我去洗个澡。

这是一套三室一厅的房间。王帅顺势在舒适宽大的沙发上坐下，他把眼光放在了墙上的一幅油画上。这是一幅女人的裸体。芳子笑笑:你的《雪女》，我把它买下来挂在这里了。

洗完澡出来，芳子穿的是睡衣，是那种薄得像蝉翼一般的、可以隐约看到滑嫩肌肤的那种，纯洁的白色。芳子知道王帅会喜欢的，因为她看懂了他的《雪女》。

她紧挨着他坐下。

巨大清晰的液晶电视里，那个叫张曼玉的女人吻梁朝伟时，芳子吻了王帅。王帅显得有些准备不足，两片薄薄的唇一时不知如何应对。吻完了，芳子觉得很不过瘾。接着看电视，张曼玉又和梁朝伟吻在了一起，芳子于是往王帅的怀里靠，两个人又一次吻在了一起。这次和上次不同的是，两人都是积极主动的，还发出了啧啧的声响，仿佛是两个多年没见过面的情人。

良久，两人分开。王帅喘着气说，我该回去了。芳子不作声，把头靠在了他的肩上。王帅顿时闻到了成熟女人迷人的体香。

电视里的画面始终被一种昏黄的灯光笼罩着，从幽深的弄堂到狭小的赁屋，从夜归的长路到赋闲的牌桌，从门前的面摊到约会的餐馆，所有的地点与场景都被灯光拖成了迤逦的影子。镜头里随着光与影的消逝，岁月也在慢慢地流逝。芳子知道，这是王家卫的电影《花样年华》。

芳子说，不准老在电脑前坐着，今晚陪我去逛逛商场。

冰山雪客说，OK，马上到！

下线，关机。

在“梦之岛”，来购物的人还真是多。芳子的手亲密地挎在王帅的臂弯里，乘着电梯上上下下。她今晚的兴致十分好，从化妆品柜台到服装区，从美宝莲、欧莱雅系列再到黛安芬内衣，让王帅现场恶补了一堂缤纷绚丽的女子美容化妆常识课。

芳子终于逛累了，王帅也快走不动了。

他们相视一笑，心照不宣地在四楼的休息处一屁股坐了下来。

芳子有些不好意思：“累着了吧？”

王帅微笑，没有言语。

过了一会儿，王帅问：“想喝点儿什么？”

芳子撑着脑袋想了一下，然后调皮地一歪头：“不用你买，我请你！”

不等王帅说话，她就站了起来。望着她娉婷的背影，一种温暖的情愫油然而生，这于王帅来说是一种久违了的情感。

他们面对面地坐着，轻轻啜着可口可乐。芳子不敢再正视王帅的眼睛，她发现他的那双眼睛极具诱惑力。芳子忽然觉得自己有些把持不住了，她冲动地抓住了他放在桌面的手。

看到王帅迷惘的表情，芳子知道自己失态了，她赶忙掩饰道：“我给你看看手相吧！”

王帅笑。

芳子嘟起性感的嘴：“不相信？就许你会算星座，不许我会看手相啊？”

王帅只好说：“好好好，你看吧，可别瞎说啊！”

芳子于是拿起他的手，真的很仔细地看了起来。

良久，她轻轻地发出了一声叹息。

“怎么了？”王帅问。

她不作声，只是摇了摇头。

王帅心里有些慌了：“到底怎么了？你别神秘兮兮的好不好，怪吓人的！”

芳子又叹了口气说：“我是认真的，你别不当回事。”

芳子说：“从你的爱情线看，你曾经有过许多女孩儿，你承不承认？你看这条是主线，旁边有许多细小的分叉。在这里，有一个很深的纹路，代表的是有一个女子在你的心上留有抹不去的痕迹，不是过去，是现在或将来。你的生命线显示，小的时候你是体弱多病的，现在身体健康，但五十到六十岁的时候，你会遭遇一场大病，如果你能挺得过去，你的晚年还是很好的，对，就是这儿，纹路很清晰，所以你现在一定要勤快锻炼身体，别笑，是说真的！”

芳子看上去有些急了，漂亮精致的脸憋得通红。

王帅的心里，忽然牵出了一种感觉，刻骨铭心的感觉……

一回到芳子的家，王帅就倚在沙发上不愿动弹了，芳子却精神得很，也许这就是男人和女人逛商场的区别吧。

芳子在王帅的面前换了睡衣，然后到浴室里去放水。芳子在浴室里娇声喊他，第一声王帅没在意，第二声王帅过去了。他把头伸进浴室里，里面蒸汽腾腾，但他还是看到了芳子的裸体,绝不比他的《雪女》差的裸体。你进来嘛！芳子说。王帅就进去了。

芳子抬头见他还穿着西服打着领带，就笑："到家了就要换衣服嘛！"

王帅瞅了瞅自己，不觉也笑了。他出去脱了西服，只穿了一件小裤头进去了。

芳子咯咯地笑着，一把把他拉进了她那个大浴缸，王帅的手一伸，一下就抓住了她的乳房。

王帅说："芳子，对不起，我有病，我性无能。"

芳子愣住了。

"生理的还是心理的？"

"心理的。"

"为什么？"

"因为那些模特，因为《雪女》，因为不想有婚姻，这些摧毁了我对性的最后一点儿诗意，以前过度放纵的生活造成了我的心病！"

"那没什么，我不在乎你的过去，一点儿都不在乎！你看你看，不是好了吗？我想要！"

王帅感到了灼热。一股无法控制的灼热从下腹腾腾升起。

芳子勾住他的脖子，轻轻叹了口气："哎，怪事，我也不知是不是上辈子欠了你什么了，反正就是想，把什么都给你。”

王帅道：“想不想和我结婚？”

芳子不言语。芳子在他的唇上亲了一下。

王帅知道自己变了，自己把游戏玩成了爱情，是不是玩过头了？

王帅看一本书，书上说，只有一个人真正爱上另一个人才会想到结婚。

王帅的心中充满了伤感。

当又一个可爱的夜晚来临的时候，王帅痛下决心，要让爱情朝着婚姻进军。

QQ 上，冰山雪客说：芳子啊，你真的爱我吗？

艾晚婷：爱情是一朵千瓣莲花，每一瓣都是我前世的盼望，每一瓣都有它的苦涩和清香。

冰山雪客：芳子，你离了吧，嫁给我！

艾晚婷：怎么了大画家，你怎么也俗了？

冰山雪客：嫁给我吧，虽然结婚是落了俗套，但俗了就俗了吧。

艾晚婷：我们对爱情和婚姻的理解也许不一样。

冰山雪客:我以前也不想要婚姻，但我现在想，真的想！

艾晚婷：你不是对我说过吗，爱情与婚姻有着很大的不同——爱情失去了，只是个人承受着刻骨的疼，而婚姻失败了，除了个人，还要捆上许多人，包括父母甚至家族都要受伤，连事业也要受损。因而，对我来说，比较而言，情或许可移，但家不可破。我们不可以有婚姻的结果。

冰山雪客：可是……

艾晚婷：没有可是。我想，对不危及家庭的婚外情感予以宽容，也许这是解决婚姻和爱情矛盾的不得已的选择。你也许会觉得我是个随便的女人，可我不是，除你外我从没有过别的情人。

冰山雪客：我不在乎你是否有过。

艾晚婷：我知道你不在乎。我承认你的观点，爱情不是唯一的，人的一生可以经历多次爱情。但是我认为，爱情是人的生命中的一种十分稀有的资源，不可能无限制地开采。你知道吗，在我的感觉中你就是我生命里的黄金。

冰山雪客：但我一想到你与别人同床共枕，我的心就针扎似的疼！

艾晚婷：我们都现实点儿好吗？谁都无法夺得走我对你的感情，包括我的丈夫。以后只要你想要，我任何时候，都给你。

王帅没有作声。王帅望着窗外那轮明晃晃的月亮发呆。他已经很久没有注意城市上空的月亮了。

电脑屏幕在闪烁：过来吧，我想你……

九月三十一日

1

米米到新公司上班。覃瑟笑眯眯地从隔壁办公室过来看她："他们都说公司来了个迷人的'美眉'，果然果然，不错不错！"

坐米米对面的艳子皱着眉头说："你这人就这德行！米米你别理他。"艳子二十五岁，面容姣好曲线毕露，属于很有风情的那一类。

米米便没怎么理覃瑟。结束了大学生涯，结果却进了这么一家小公司，米米的心情不太好。米米这几天总是念起在大学里的恋人，那份感情在她最后的学校生活里弥漫并严严实实地笼罩住了她所有的白天与黑夜、希望与梦想，残酷的现实却制造了一出劳燕分飞的爱情悲剧，这让米米如今想起还不由得心潮起伏，百感交集，唏嘘不已。

2

覃瑟这段时间有事没事总往米米的办公室跑，米米也没注意到艳子的脸色越来越难看。一天再次看到覃瑟跟米米漫无边际地胡聊乱侃，艳子终于沉不住气了，她冷冰冰地对覃瑟说："你出来一下！"

覃瑟向米米耸耸肩，无奈地跟着出去了。

艳子冷笑一声："看上人家小姑娘了？"

覃瑟面无表情地说："这跟你有关系吗？"

艳子一时语塞，狠狠地说："你今晚到我那儿去一趟，算我求你了还不行？"

也不等覃瑟有何表示，她便转身急速地走进了办公室。

3

当覃瑟犹犹豫豫地走到艳子的住所前时，门开了，艳子一下把他拉了进去。房间刚刚整理过，还飘荡着淡雅的幽香。

艳子说："你这家伙这段时间是怎么了，我什么地方得罪你了，你总不理睬人家？"这时音响里正轻柔地放着一首歌：我想念你的笑，想念你的外套，想念你白色袜子和你身上的味道……

覃瑟皱皱眉头："我对你不重要。"

艳子就问："那对谁重要？"覃瑟从鼻子里哼了一声。

艳子急忙转移话题："我刚收拾了一下房间，你看把我的手都弄脏了。"她把手摊开伸在他面前。那手一点儿都不脏，手指依然那么修长秀气。艳子以为覃瑟会像以前一样握住她的手顺势将她抱起来，但覃瑟没有动静。

"我到底哪里错了,覃瑟你说啊！"艳子显然已经着急了。

"你自己做了什么心里清楚。"

"可是，可是……我那是不得已啊，我不也是为了我们以后能过得更好嘛！我错了，覃瑟你就不能原谅我一回？"泪珠在她的眼圈里打转，"你现在一定是觉得我是个不好的女人，一定是这样的！原谅我吧，好吗？"她把她的头抵到了他的胸部下面，而且抵得紧紧的。

覃瑟木木地站着，仿佛失去了所有的感觉。

沉默了一会儿，他推开她，然后走出大门。

"但是，你以前说过爱我的，无论我做错了什么你都会一如既往地爱我的！你骗人，你虚伪！"

覃瑟的脚步瞬间停住了，但只是短短的几秒钟。此刻，那首柔柔的歌依旧还在深情款款地飘荡着——我想念你的吻，和手指淡淡的烟草味道，记忆中曾被爱的味道……

4

又是工间休息。这次是覃瑟瞅着艳子不在才跑过来的。他凑近米米："米米，下班后我们到亮节庄去吃海鲜，我请你。"

米米半侧着她的头，目光看着别处，不作声，然后站起来，侧身迈出工作间，下午的阳光穿过巨大的玻璃墙，落在她的影子上有着一些跳动不安的光泽。

覃瑟讪讪地走开了。

吃过晚饭洗过澡，覃瑟犹豫着是否再找一找米米，他有些不甘心。正在这时，手机响了，接过后就听见有个柔软的声音说："是覃瑟吗？"

他便问："你哪位？"

话筒里传出了扑哧的一声笑，然后说："我是米米呀！今晚我和几个朋友在'城市猎人'玩，你来吗？"

覃瑟不假思索地说："当然，当然，我马上过来！"

"城市猎人"酒吧的生意很火爆，人们各玩各的，打桌球或掷飞镖，谁也不注意谁。覃瑟到时，米米正与两个二十来岁的男孩儿摇摇晃晃地碰着杯，另有一个女孩儿则伏在桌子上很夸张地抽泣着。

见了覃瑟，米米优雅地打了个响指，说出的话音却被酒精烧得有些哆嗦：“再、再……来一杯！”

覃瑟好心地说：“你们差不多了，还是别喝了吧！”

米米还没说话，她身旁的那个瘦瘦的男孩儿不乐意了，直着舌头冲着覃瑟直嚷嚷：“你这人怎……么这、这样？不就喝……喝你一点点酒吗，你、你就心……疼了？”

覃瑟有些疑惑地看着米米：“他说喝谁的酒？”

米米皱了一下眉。

覃瑟盯着米米，半晌才说：“你叫我来，没别的，就是为了替你们付账？”

米米愣了愣，说：“那……当然！你不是说要请我吗？”

那男孩儿又嚷了起来：“你这人怎么……这样呀？还……是男人吗？真、真丢份儿！”说完话还撇撇嘴，跟女人似的。

覃瑟歪着头瞄了他两秒又望了望米米，然后绕到他的面前，猛地挥拳砸在他的耳根上。他那瘦瘦的毫无防备的身躯向旁边倒下去，扑通的声响听起来有些闷闷的。

覃瑟掉头走出了酒吧，没理会任何人。

5

覃瑟以为米米从此以后会与他形同路人，其实这是他对米米这类型的人过于缺乏了解而形成的一种理念上的误解。在接下来的几天里，米米没事就跑过来向覃瑟问这问那，看到艳子也在那儿，她也不管。

覃瑟有些不好意思，说："米米，那次真对不起，今晚我再请你到那儿好好喝上两杯给你赔罪行不行？"

"好啊好啊！"米米跳着拍手。

从酒吧出来，两人都有些微醉，米米靠着覃瑟的肩膀，走起路来脚下直发飘。覃瑟忙说："米米，我还是送你回去吧！"

在米米租住的小屋里，覃瑟帮米米整理好床铺，然后犹豫了一下，说："我该走了，米米你休息吧。"就在覃瑟慢吞吞地将要迈出小屋的那一瞬间，米米轻轻地从背后抱住了他……

他们在米米松软的床上做爱。覃瑟突然问："米米你是处女吗？"米米闭着眼紧咬着嘴唇摇摇头。

覃瑟舒了口气，说："那就好，如果米米你是处女我绝不会害你的。"

不过覃瑟并不是粗心的人，第二天一大早走的时候他发现了床单上的点点殷红，但他没有作声。

上班时艳子幽幽地问米米："米米，昨晚覃瑟请你去喝酒了？"

米米点点头。

“当年他和我就是这样开始的。”米米停下手头的工作，她发现艳子忧郁的眼睛里满是一种无法言喻的痛。

6

面对米米的质问，覃瑟沉默良久，然后狠狠地抽了口烟：“是的，我是和她好过。而且我以前对她够好的，但是——”覃瑟痛苦地捂着脑袋，“但是，我万万没想到，她却为了一个所谓的前途，为了竞争一个小小的职位，就、就跟经理上了床！”

他忽然紧紧地抱住米米：“米米，我爱你，我真的爱你！米米你知道吗？在我心中只有你才是最纯洁的！”

米米一时不知所措。

米米挣脱了他。

良久，望着覃瑟深深悔过的样子，她再想要恨他，已经无法找到任何理由，她的最终动作是伸过手去，紧紧勾住了他的脖子。她发现自己其实很在乎他，她不愿意就这么抛开他，何况现在是他最痛苦的时候。但是艳子呢，知道了他跟艳子的过去，米米觉得自己再也不可能冷静地面对艳子，何况，谁又能保证他们以后不会旧情复燃呢？两个女人爱着同一个男人，而且一个是以前一个是如今，都与这个男人有着最亲密的关系，每天却还要面对面坐在一起上班工作，这简直就是世界上最残酷的事情！唯一的解决办法，就是必须有一个女人离去。

“覃瑟，我们一起离开这里吧，离开这座城市，远离这伤心之地，我们私奔！”米米说。其实米米自己也不知道怎么就会蹦出“私奔”这么一个词来。词典上说私奔旧时指女子私自投奔所爱的人，或跟他一起逃走，但这至少应该是二十世纪中叶前流行的词了。这个词米米觉得既熟悉又陌生，仿佛一直都待在脑海里，脱口而出又是那么新鲜那么贴切，那一下米米甚至还有点儿得意自己的语言天赋。

覃瑟愣住了：“有这必要吗？我们走了，这里的一切都得丢下，包括我现在的高待遇，你知道吗米米，公司现在正在考虑我升职加薪的问题呢！放弃这些到一个新的地方，所有的都得从头开始啊！”

米米不再作声，她死死盯住覃瑟的眼睛，盯得他垂下了头。

很快他便发了狠：“那好！你说什么时候走？”

“过几天，国庆长假前，就九月三十一日，这段时间我不想见你，到那天你来找我！”

7

望着覃瑟的背影渐渐消失，米米痛哭失声。她是要逃离的，肯定，她一刻也不愿在这里待了，九月三十一日是她和覃瑟的约定，到那一天他们一起走。

米米心里清楚，九月是没有三十一日的。覃瑟呢？他不知道吗？他真的不知道吗？

缘分的天空

好几年以前的我还在一座城市的教育学院念政治系。班里不搞男女同桌，我的前桌，是一对女生。

叶荷长得挺漂亮，至少我是这么认为的，她那飘逸的长发是那些年我最喜欢看的风景。有一次晚饭过后，教室里就我们两个人，我说："叶荷，我发现你挺喜欢观察我的，经常侧着身子坐在椅子上悄悄瞅我。"

叶荷那双忽闪忽闪的大眼睛就盯牢了我："应该说是你喜欢观察我才对，你不看我怎么知道我看你？逻辑混乱。你这人就这点不好，不诚实。"其实叶荷平时总说我笨，因为晚会跳舞时我总是踩她的脚，可是我却觉得她比我笨，吃饭总比跳舞容易多了吧，那次与她坐对面她却不断地在桌子底下踩我的脚。后来一想，得，还真是我自己笨。

"有女孩儿请我去看电影。"沉默了一会儿，我假装随意地说。她从书本中抬起头来，一下子显得有些紧张，紧盯着我等待下文。我于是马上把话锋一转，“但我没有答应。我记得以前曾邀请过你，今晚我们去好吗？”她微微一笑，沉思良久，终于缓缓点了点头。

昏暗的影院里电影《大话西游》正在上演。叶荷矜持地盯着银幕，我悄悄地递上一包真心瓜子。当一向嬉皮笑脸的周星驰突然深情款款地说：“曾经有段真挚的爱情摆在我面前，但是我没有珍惜，等到失去的时候才后悔莫及，尘世间最痛苦的事莫过于此。如果上天可以给我个机会再来一次的话，我会跟那个女孩子说‘我爱你’；如果上天非要把这份爱加上一个期限，我希望是，一万年！”我偷眼望去，她的眼中泪光闪闪，于是我掏出早已备好的纸巾轻轻塞给她……她转过脸来，朝我莞尔一笑。

有了这个良好的开端，我顿时感觉信心倍增。于是星期天，我邀叶荷与几个同学一起外出郊游。走时阳光明媚，但到达目的地不久就飘起了小雨，而且一直没有停的迹象。真乃天公作美啊！我心中窃喜，因为我知道她下午有事必须得赶回去。果然，她越来越焦虑了。

我们来时只带了一把遮阳的小伞，但我还是自告奋勇地说：“我骑车先带你走！”我奋力地蹬着车，她在后面给我撑着伞。雨滴还是飘湿了我的衣裳，她打伞的手也越来越无力，于是自然而然地就放到了我的肩膀上。终于到了，叶荷下车看到我湿漉漉的模样，非常感动也有些心疼，要我赶紧到她们宿舍里去擦干头发。我强忍住想进去坐一坐的欲望，故作潇洒地挥挥手，骑上自行车扬长而去，尽管回到宿舍里连打了好几个喷嚏，还发烧了两天。

期末考试，现代史这一科是最令叶荷头疼的，她死也记不住“遵义会议召开的具体时间”之类的问题。望着叶荷如坐针毡的模样，我怜惜不已，写好一张纸条悄悄递去，她心领神会。就在交接的一刹那，一只无情的手把纸条收去了。胖胖的女监考老师打开它念了出来：“别紧张，好好答题，交卷后在人工湖边见面，我喜欢你！”

无意中老师做了我们的“媒人”，考完试后叶荷真的去了人工湖边等我，我当然也绝不可能食言。

在树荫下的长椅上，我抓起叶荷的手：“我来给你看看手相。”然后又伸出我的手给她看，“请注意我的掌纹和你自己的掌纹。”说着煞有介事地将我的掌心与她的贴在一起。“知道这叫什么吗？”我紧接着说，“这叫心心相印。”

这时，一只不知从哪儿飞来的麻雀落在枝头好奇地瞧着我们，叶荷羞涩地闭上眼：“快把它赶走。”我说：“它不会说出去的。”“可它偷看我们。”我笑，冲着枝头说：“麻雀兄弟，你走吧，找一只女麻雀去吧，别耽误时间了，向着幸福的地方，勇敢地飞吧！”叶荷白了我一眼：“你怎么知道它是男的？”我说：“女的没这么大胆。”

我最大的爱好是睡懒觉，有时耽误了上课也在所不惜。叶荷就帮我买了一只挺贵的闹钟，并亲自把它置在我的床头。她说要让闹钟代表她每天第一个跟我说话，她说闹铃一响就如同是她在柔声软语地唤我醒来。我不作声。不过说老实话，我当时心里很不痛快，美好的初恋才刚刚开始呢，女朋友就送了一只闹钟，我心里面顿时有了一种不祥的预感——我们南方人是很讲究彩头的，送钟送钟，你这不是在给我们的爱情“送终”嘛！何况那闹钟的铃声可真的是太刺耳了，不好听。

时光如水，岁月如梭。很快就毕业，劳燕分飞。叶荷如愿以偿地留在了城里，而我则回到家乡做了一名乡村中学教师。这职业整天都是跟孩子们一起傻乐着过活，凭着给这个浮躁的世界下些似是而非的定义的所谓学问混饭吃，挺好玩的，但就是有个关乎生计的最大缺点，一年到头也仅仅能赚出些米面钱来。偶尔我能去看看她，但更多的时候则只有靠往来的飞鸿维系着那份情感。

渐渐地叶荷的信少了，而且字里行间经常地流露出一股忧郁。这天收到她的信，信中说：这段日子太寂寞了，信也是越写越虚幻，得不到一点儿实实在在的东西，只有你写给我的诗还能让我有些微的感觉……看完信我连假也没请，骑上自行车跑了近一个小时的山路到县城，赶上了去叶荷那里的最后一趟班车。

我风尘仆仆找到叶荷时，看得出她十分惊喜和激动，但很快便平静下来。

“以后不要来找我了，好吗？”她的声音有些喑哑。我沉默不语。不远的地方有一片树林，不知哪处的枝头果实已经成熟，而此刻，冬天正奔跑在我的额头。我听到泪水滴落的声音。叶荷光洁的面颊上，泪滴越来越大颗，摔在地上，碎玻璃般散去。但那时年轻的我总是傻傻的，净干傻事，现在想来，如果我那时坚决地伸手搂住她，叶荷是绝不会离开我的。

但我没有。我缓缓地转过身，用自己颤抖的手捂住心头流血的伤口。片刻我晕沉沉地离开了，背后是叶荷的低泣声。我没有回过头去看叶荷纯纯如雨中嫩芦苇般的背影，我知道从此在她的心中我就如在苇梢稍稍停留过的红色蜻蜓或白色水鸟。我边走边点燃了随身携带着的她的信和给她的诗篇，淡蓝的信笺渐渐伏在一小片火苗上，一种麻木的寂静围绕在四周。一段情感的结束，有时竟是这样迅速，无声无息，仿佛只是从什么地方吹来一阵风，就把一切带走了。

半年后的一天校长来通知我，说是市里举行一次省级的中学政治科教师优质课竞赛，县教育局教研室点名要我去观摩。我想，出去散散心也挺好，就满口答应了。

天刚蒙蒙亮，我就醒了。窗子敞开着，吹进来的晨风有一点儿湿意，窗外有一层薄雾。宾馆就坐落在半坡上，城中的景致多收眼底。我不想再睡了，起来匆匆洗了脸，走到阳台上。城里的街道不很宽，屋子都建得很坚固，但没有太多的装饰物。

我真的不想去听课。这种所谓的优质课竞赛，参赛者早就在自己学校里演练过不知多少遍了，做作得很，根本代表不了老师的真实水平，而那些所谓的评奖，不过就是让那些不上讲台的“教学权威”评出谁的表演更好看一点儿而已，腻味。但转念一想，既然来了，不去听一两次也说不过去，于是我还是去了。在静悄悄的听课席上，心不在焉的我忽然发现了一个熟悉的身影……

我上到了第四层，门半掩着。午后的阳光浓了些，局促地从玻璃间钻了进来，涂在栏杆上，有一种令人炫目的光泽。我在楼梯口停了停，最后还是向着409房间走去。

“来啦？”她斜靠在床上，一头青丝半遮着秀丽的脸庞，正凝神地望着我。她并没任何的惊讶，好像我出现在这屋子里是十分自然的。

“我知道你会来的。”叶荷笑了笑，接着说，“下午我不想去听课了，我想四处走走，能陪我去吗？”

她走过来，把手搁在我肩上。我不由自主地握住她的手。她的手仍旧那么光滑，那么暖和，而且湿湿的。我再看她时，她已泪流满面。我忍不住用手缓缓地擦叶荷脸上的泪。我忽然一下把她拥在怀里。她一动不动，但我感到了她丰满的胸脯剧烈地起伏着。很久，叶荷轻轻抬起头，我望着她的眼睛，不说话，然后低下嘴唇，滑过她光洁的前额，滑过她温和的已变得宁静的眼睛，最后停留在她温润的嘴唇上……

那两天是我毕业后最开心的日子，我们牵手走遍了这座依山傍水景色秀丽的城市。我们一起寻访粤东会馆旧址，我们在纪念碑前亲密合影，我们一起荡舟澄碧湖……然而一切又是那么短暂。听课很快结束了，我们虽然恋恋不舍，但还得要回到原来生活的位置。她先乘火车走了，挥手送别后，我倚在站台旁的一根柱子上，心头竟是一片迷惘。我发现我的眼眶湿润了。

回来后我第一次把我与叶荷的事冷静地分析了一遍。我知道一朵鲜花插在美丽的花瓶里，谁也保证不了是花儿先凋谢还是花瓶先碎，我想凭我们是无法打破城乡差别的，如果再这样下去留给我和叶荷的将是无边的痛苦。我给叶荷写了一封非常长的信，十分理智地与叶荷分了手 。

人生匆忙，许多的季节不知不觉流水般地掠门而去。后来叶荷成了家，后来我也调到了城里有了心爱的妻。在一次接听叶荷的电话里我开玩笑："叶荷你那时那么俏丽的女孩儿怎么一下子就看上我了呢？"

叶荷说："你是真不知道还是装傻？哪个女孩儿心中没有些浪漫情结？那时我就知道你不一定会是位好丈夫，但肯定会是位好情人。"闻言我差点儿当场咽气。

我们的玩笑话在旁边的妻都听到了，她的脸色很不好看。其实很早以前我就把那些陈芝麻烂谷子的事向她彻底地坦白交代过，而她现在用的闹钟就是当年叶荷送我的那只。巧的是，负气而眠的妻忘了给闹钟定时，第二天早上闹钟没响，让上早班的她迟到了。

中午她一见到我就气呼呼地说："可让你和你的老情人给害了！"我只好连连表示歉意和同情。

吃晚饭时，妻还不理我。

我越瞧越不对劲，趁她不注意悄悄地跑到外面的垃圾箱那里，把那只被妻称为"具有相当大历史意义"的闹钟一狠心就扔掉了，尽管挺心疼的。

闹钟还得要，明天再买回一只吧。听完我的解释，妻倚到我的胸前娇嗔道："那我明天早上怎么准时起床？"

我深情款款地说："今晚我不睡，明早我叫你！"

邂逅柔情

收到那份到北京领奖的通知时，离颁奖的日期已没几天了。那时我还在一所中学教书。通知说得很清楚，我的一首诗歌在这次文学大赛中获了个二等奖，到京领奖的路费及食宿费等均由大赛组委会负责。有这等好事岂能不去？于是我没有丝毫的犹豫，请好假第二天凌晨一时左右便匆匆赶到火车站挤上了北上的特快列车。车厢里人满为患，好不容易找到座位时我已经汗水淋漓，略略扫视一下，邻座的旅客正很委屈地蜷缩在角落里。我精神一放松，困意便涌上来了。

缓缓醒来，天已全亮了。伸伸酸疼的身子往旁边一瞧，令我惊讶的是那竟是一位淡雅的女孩子，她很漂亮，皮肤白净，嘴唇稍薄，一身学生模样。

这时她也在注视我，目光有些犹豫，在对视的一瞬间，我感觉到自己不自然地微笑了一下，她垂下了睫毛。她长长的睫毛很好看。

列车很单调地歌吟着，窗外的景致有些模糊，那女孩儿拿出一本刊物很专注地读着。阳光如啤酒泡沫般涌进车窗，簇拥在女孩儿秀气的眉间和光洁的脸上。我静静地欣赏。女孩儿似乎觉察到了我在注视她，突然抬起头来。我迅速把目光移开，无意间落到了她打开着的刊物上。世间还真有这么巧的事！我那一瞬间的心情不是仅用惊喜就可以形容的。“单飞的候鸟啄破日期的记忆／啜饮你远在异乡的漂泊／而你的瞳仁穿不透夜的心脏／二胡忧郁地演奏着第三种痛苦／有池如镜有草如画有泪当歌／有失眠的候鸟加上你／夜夜／听眼睛里的潮涨潮汐……”当我情不自禁地把这首诗背诵出来时，迎着女孩儿诧异的目光，我很直接很干脆地说：“我就是这首诗的作者。”

在北上的列车里，诗歌成为我贴在心灵上的邮票，把真情和善意寄给了另一颗温情的心。接下来我便知道了凌燕的许多事情。她在石家庄的一所大学念中文系，最后一年了，学校也鼓励学生自己出来跑一跑单位，于是她便慕名南下到了一座繁华的城市，那是当年中国最不屑拥有书籍、文学的城市之一，连闪烁的霓虹都闪烁着钞票的欢鸣或呻吟。与那些搞不清惠特曼是人还是某种化妆品的女孩子们混在一起，让她一刻也无法忍受了，便绕道桂林游览了心仪已久的山水后赶回学校。

“也许我是错的，我们就客观地生活在这个时代，心灵的淡泊和安详就如同铀一般稀有，你说呢？”凌燕若有所思地问我。我无法回答。

夜色再一次吞没了列车，驶过的外面那些明亮的窗，透出的是几分温馨，车厢里的人都昏昏欲睡，唯有铁轨清醒着。凌燕漂亮的大眼睛深情地看看我，我轻轻点点头，她羞涩地一笑，便倚在我的肩上睡了过去，长长的黑发散在我的胸前。我听到列车车轮撞击铁轨的声音似乎很近，又很远。我是被一阵乐曲声吵醒的，接着便是列车播音员甜美的声音：“各位旅客，我们已经来到了祖国的首都北京……”天哪，到北京了！凌燕，凌燕呢？我一下清醒过来，才发现身旁坐着的是位陌生的中年男子。他友善地向我致意，然后递过一张纸条说：“那位姑娘让我在你醒来时交给你的。”我迫不及待地打开，几行有些潦草但仍显清秀的字迹映入眼帘：

就要到石家庄了，看你睡得那么香甜，真不忍心把你唤醒，其实我一直都没睡着，我好喜欢依偎在你肩上的感觉，真的。我要下车了，我真舍不得离开，世上就没有永不到站的列车吗？你答应过我的，你的诗集一出马上就寄给我，一定要记住啊！我走了，什么时候才能再见到你？珍重！

我长舒了一口气，缓缓地将字条叠好，心头涌上一股暖意，可马上又呆住了：我们一直都忘了给对方留下地址！我的心一下子凉透了。

从北京回来后大家都说我好像变了一个人似的，其实他们怎么知道我内心的隐痛呢！不久我调到了另一所中学任教，新的环境也并没有使我的心境有太大改观。快放暑假了，我收到了大学时曾睡在我上铺的兄弟从深圳发来的邀请："来吧，来兄弟这儿换换空气与思想，或许还能在这儿有很大发展呢！"

乘上长途客车时已是黄昏，夕阳把所有的事物都涂成一种怀旧的颜色，我的心不觉涌上一丝伤感，如果一切顺利的话，或许我是不会再回这地方了。

说是为我接风，兄弟把我拉到一家餐馆，餐桌旁已有位女孩儿在等候了。

"这位是小凌，我的助理。"他的话音未落，我的笑容便凝固在脸上，我的心快要蹦出来了——凌燕！是她，果真是她！这时凌燕也认出了我，她一把抓住我的手，抓得好紧好紧。

面对着丰盛的饭菜及欣喜的凌燕，我的谈兴如同食欲一样大增。凌燕不经意但又姿势优美地啜着杯中的饮料，我注意到她一直很在意地听着，我甚至还从她的表情里感受到了一股脉脉温情。

忽然兄弟的手机响了，他看了看，匆匆附到凌燕的耳边说了些什么，然后朝我一笑："老弟，对不起了，我有事必须马上处理一下，小凌就代我陪你看一看深圳的夜景吧！回到我住处再详谈，好不好？"

我和凌燕走进一座公园，找了张长椅，我们很自然地相依而坐，手早已经自然而然地握在了一起。但我很难把眼前的凌燕与列车上的凌燕重叠在一起，虽然她依然还保持着学院派少女特有的那种清纯挺拔。我很想问问她是怎么到深圳来的，又不知怎样开口。于是我说，凌燕你相信人们所憧憬的爱情在生活中会存在吗？我开玩笑说，你看曹雪芹写的《红楼梦》之所以如此经典绝对是因为那是一出悲剧，如果宝玉与黛玉能完满地结合，这部小说就会一文不值。我说梁山伯与祝英台幸亏早日化了蝶，否则说不准就落得个司马相如与卓文君相恋到相厌的下场。

凌燕不出声。凌燕望着青草地上两个人淡淡的影子发呆。而远处闪烁的霓虹灯很美丽地洒在她光洁的脸庞与柔和弧线的脖子上。而她披散着的青丝在夜风里微微摆动着。一会儿，我移过去，小心地搂住她的肩。我感觉到了她很轻微的一颤。

在我一时的手足无措中，凌燕忽然紧紧拥住了我。

凌燕挽着我的手把我送回了住处，在进门前我们难舍难分地拥吻着。转身告别时我发现她的眼睛里似乎有晶莹的东西在闪动。

轻轻推开门，我那兄弟正靠在沙发上看电视。他见我回来，就说："我不清楚你跟凌燕以前有什么关系，但我在吃饭时就看出不太一般，你俩刚才在门口的那声响我也听见了。不过她没跟你说，她有男朋友，哦不，算是情人吧，就是我们分公司的一个经理？"

我当下愣住了。

"我说老弟你呀，除了几首破诗，你还能给她什么？你真以为现在还是诗的时代？在深圳，在这座现代化的都市里，谁还会为听到庄稼深夜里拔节而感动，为月光下那些所谓的爱情誓言而泪落，为沉积成层层化石的心灵苦难而战栗呢？其实凌燕是一个很实际的女孩子，她所需要的，你确确实实无法给予，至少目前你还无法给予。"

我一夜未眠。天一发白我就悄然地义无反顾地离开了，我回到了熟悉的地方，我知道自己只属于这里。

说实在的，在我的内心深处还是期盼着能收到凌燕的来信，她应该来信的，如果她真的爱我的话。然而我一天天地失望，直到最后绝望。是啊，我能要求什么呢？我们从来就没有跟对方说过“爱”字，更没有过什么海誓山盟，何况海誓山盟也并不是一种永生的神鸟，想飞翔多久就可以飞翔多久的。

后来我对舟儿说了“我爱你”。在舞厅充满动感和欲望的灯光下，握着舟儿柔和的小手生硬地说出这三个字的时候，凌燕的影子已经离我远去了，而其实我对舟儿的感觉还完全可以追溯到两年前。

那时舟儿刚分配到我们学校。那天她报到出来，而我正坐在办公楼前老樟树下的石凳上愣神儿。偶然一抬头，阳光下的舟儿显得格外光彩夺目，仿佛是洒满阳光的果树上绽放的花瓣，裙裾散发灿烂的光芒和悦耳的音乐。我一下子看呆了，一种奇异的飘飘浮浮似曾相识的感觉涌上心头。后来我曾告诉舟儿那天的异样，并有些不怀好意地问舟儿是否有同感。舟儿说她对我也是印象深刻，上班时间有个家伙居然在大树下乘凉发呆，那懒散的模样当然令人难忘。

我俩都笑了。

舟儿此时可以说已是我的红颜知己。红颜知己是个很美丽的词汇，但在当今世道却属于快消失的古董。其实知己是友情，高山流水世上所稀，再冠以“红颜”两字，运气简直是好得不得了。有次我们和同事一起到郊外游玩，累了便到一家农舍歇息喝茶，房东把我俩当作了小情侣，我故意看看舟儿，她也正脸红红地瞅着我，却不作声。不过我心中十分清楚我对舟儿的感觉，她的轮廓太像凌燕了，尤其是身上的那份气质，活脱脱是列车上凌燕的翻版，我知道很多时候我是把她当作凌燕来对待的。我总觉得爱情应该是一个人终其一生去寻找的精神部落，寻找的途中不应该有任何功利性的目标。我知道从一见到舟儿我就喜欢上了她，但这里面有许多凌燕的因素，更何况喜欢与爱是有本质区别的。我很长一段时间都处在一种犹豫与彷徨之中。

日子不会与我一样徘徊。终于有一天她悄然告诉我她有了男友，说这话的时候舟儿那双深情的眼睛一直没有看我。此刻我才蓦然醒悟，我是真正爱着舟儿的，而且这爱与凌燕无关！如果只是爱她的一部分，比如她幽香的身体和如花的容貌，问题就简单多了，但我爱的是她的全部——她的个性、聪慧甚至她的一颦一笑。

但此时我却只能是沉默。我凝视着窗外，阳光正透过藤蔓和花枝，与鸟声一同因不堪忍受心痛而坠落。

很平淡的日子依然那么缓慢地向前走，我和舟儿也依然如往常一般默默关心着对方，但其中似乎又夹杂着些许怅然。如果生命中没有遇到过也就罢了，但我和舟儿相遇了，我难忘两人心灵之间的那种纯真畅美的交流和深刻熨帖的默契。我不奢求什么，我只是想让舟儿知道我的心。我等待着适当的机会，也等待着勇气的来临。

这次是与外单位的联谊。先是在顶楼的茶庄里喝茶，继而发展成喝酒。被强迫了几杯下肚，我拉上舟儿飞也似的逃到楼下的舞厅。酒壮人胆，在馨香的舞曲中我用自己很陌生的声音袒露心扉时，我发现舟儿却是异常平静。我有些心虚地望着舟儿，她莞尔一笑：“我知道这个时刻迟早会来的。”

我第一次把舟儿拥在了怀里。舟儿秀美的脸上闪过一丝心痛的表情，她怯懦地说：“我说有男友是骗你的，但我真的不是想伤害你……”这一刻我感到心里异常坦然，我看见舟儿笑了，在明澈的眼睛里，在深深的心底。

一天下午，舟儿斜躺在我房间的沙发上读着我的第三本诗集《点亮心灯》，时不时问上一句：“这首情诗又是写给谁的？”忽然她安静下来。

我从书桌旁转头望去，她手上是一张叠好的略微泛黄的纸条。是凌燕在火车上留给我的那张字条！我什么时候把它夹进书里的？

我的手心有点儿湿。凌燕，凌燕，你还是没有离我而去。

“你打开看吧，舟儿。”

“不，你的东西我不看。”舟儿的口吻并不坚决。

我轻轻揽住她的腰。

“那都是过去的事了，我都快忘光了。”我说。

前段时间接到在深圳的那位兄弟打来的电话，寒暄了一番后，他忽然说：“哎，老弟，告诉你，凌燕离婚了，她那经理丈夫在外面有情人。离婚后她就辞职了，现在谁也不知道她去了哪里。我说老弟你不会真把她给忘了吧？”

我笑了笑。那时的恋情现在回想起来是多么虚幻，往日的回忆是水，有结冰的时候同样也有解冻的时候，也许总是这样的吧，所有的宽容都来源于一种真诚的痛苦。我说得很随意，但心中却有一种预感。

果然，过了三天，信来了，没有称谓也没留姓名和地址，但那字迹既陌生又熟悉，是她的。她的信只有短短的一句话：“爱是一个过程，爱的幸福与否不应该从结局来衡量。我的世界只要有过你，沙漠就是花园。两只鸟儿在飞翔中相互看到了，一只飞过来梳理着另一只的羽毛，关键的是，它们相互看到了！这就已经足够了，足够了，对吗？”

我没有把信的事告诉舟儿。我想我会成为一个好丈夫的，虽然我曾经是一个糟糕的恋人。我想这应该是最合理的结局了。

长筒丝袜

洁白的泡沫在乳黄色的啤酒上面使劲地向上涌了一下，最终还是未能溢出瘦长的杯子。服务小姐轻盈地转身离去。

小西盯着她走开，但目光却是淡然的。他来海口已经很久了，却仍不太习惯，当初以为在海南一切都可以很容易手到擒来，现在想起来就好笑。

他抿了一口啤酒。

街上的光影时不时沾在落地窗上，隔了那层时髦的玻璃，看上去有气无力的。四处望一望，烛光点点，唯独他是单杯独影。

小西在海口的一家开发公司任职。他是在海南最火最热的时候来的，那时全国各地来这儿的人那个多啊，在车站、码头随便抓一把就有好几个，在海口求职的人就如蝗虫一般。

小西猛喝了口啤酒，抬头看看窗外，远处的写字楼可怜巴巴地亮着几盏灯，一幢大楼都是一副破落贵族的模样。

一阵高跟鞋敲击硬木地板的音节，在小西的左侧打上了休止符。小西的眼皮跳了一下，不用看，那双亭亭玉立的大腿就停在他的身旁。

“可以吗？”

“请吧。”

他没有望她，语气有些淡漠。

服务小姐碎步过来问：“小姐您要……”

“咖啡，谢谢。”

咖啡上来了。小西为她加方糖，目光不觉就愣愣地停在她那藏在衣衫下呼之欲出的双乳上。她莞尔一笑，很悠然。

小提琴手忽然拉起了那支《思乡曲》。小西愕然地想：这样的地方也奏这样的乐曲？一看会心笑着的她，小西马上悟了。琴声如泣如诉，很快把他带回到了家乡那条微风轻浪的小河。

“明天情人节，晚上你一定来好吗？”

她低声说完便站起身离去。

小西没有目送她，一口喝完了杯中的啤酒。我终于有女人了，他对自己说。凭直觉，他知道自己和这个女人会有一段故事，现在的女人喜欢有特点的男人。

其实小西认识她已经有些时日了。那次到广州出完差准备返回，在洲头咀码头他偶然发现一个年轻女子独坐在那里，面前扔着一个很大的旅行包，望着白晃晃的阳光下行人稀少的街面，目光却有着一种说不出的阴沉和绝望。

这不和当年的自己一样吗？小西的心一动，走了过去。她支支吾吾地告诉小西，本来已买好了去海口的船票，但一不小心连同钱包一起被人偷了。说这番话时她没敢抬头。

“是吗？”小西说道，“不是到海口吗，那走吧！”

“你帮我？”她的神情仿若绝望的落水者突然发现有人朝她奋力游来。

“为什么不呢？只要你不怕我拐了你卖掉。”

渡过琼州海峡到达海口，小西留下自己的地址便走了。她找过他几次，落落大方又很含蓄，小西装作什么也不清楚。小西觉着自己并不高尚，但也还未卑鄙到想利用女人捞点儿什么好处的地步。

看了看啤酒杯，小西扬扬手。

服务小姐结完账，用小盘子将余款送上，微笑的脸上有种期待。等小西慢悠悠地将盘里的最后一张小面额纸币拾起，她的眼中顿时冒出一股无法掩饰的蔑视。就在她刚要离开的瞬间，一张大面额钞票扔进了盘子，瞧着她身体晃了一下，小西离座，心里有种淋漓的快感。

明天情人节，送什么礼物呢？玫瑰花和巧克力，没有创意又不实用，化妆品和内衣，还行，但两人还远没有达到那种默契。

整整走了半条街，他的眼睛一亮：一排女人的袜子！

他买下了手感最好的那双长筒丝袜。

腿走得有些酸了，小西想回宿舍。但转念一想，何不马上去找找她，看她喜不喜欢这礼物，如果不喜欢明天还可以另送嘛！对，就这样！

快要到她租住的小巷子了。她也给过小西地址，不过他以前从没来过。远远地，他便看到一个俏丽的身影，是她！他的心中一喜，脚下的步伐不由得就加快了许多，把手中的袜子也不知不觉地就拆开了。他忽然停住脚步。

一辆在街灯下闪闪发亮的本田车驶了过去，悄无声息地停在她的身旁。一个矮胖的男人打开车门下来，猥琐地搂住她。小西听到了她咯咯的笑声。红色尾灯一亮，车开走了，巷子前已空无一人。

一阵风儿吹过，那双长筒丝袜忽悠忽悠地就从他手中飘落到了街道上。小西呆在那儿，许久回不过神来……

高跟女鞋

“何总，您叫我？”女秘书林玫柔声问。

何宏抬起头来，把手中的烟头一扔。那颗烟头在空中划过一条令人赏心悦目的弧线，最终准确地落到门边的痰盂里。何宏很喜欢这个动作，有时他甚至觉得这才是自己一天中最重要的事，虽然烟灰缸就在他手边的办公桌上。

“你过来。”他向林玫招招手，然后从抽屉里掏出一个大纸盒。

“送给你的。”何宏微笑着说。

林玫拿着纸盒走出总经理室的时候，突然感到自己走路的姿势似乎有些别扭。她知道自己是很惹人注目的，因为自己有着傲人的身材、浑圆摇曳的臀、纤细的腰身、丰满挺拔的双乳，哪个男人见了不眼馋？林玫每次见到何宏都能感受到他那热辣辣的目光，令她十分不自在。林玫绝不是那类只甘愿做花瓶的女孩子，在何宏的公司里她也是以勤快好学而获得同事们认同的。

其实林玫一看见纸盒就知道里面是什么了，那是一款最新最漂亮的名牌高跟鞋，她偶然在专卖店里一看到就喜欢得不得了，近两千元的价格呢，她准备这个月一发薪就买下它。可何总是怎么知道自己喜欢这双鞋子的呢？林玫百思不得其解。何况一个老总私下送女性用品给漂亮的女员工，这总有些不大对劲儿。林玫的心中隐隐有些不安。怎样处理呢？她想该去问一问自己的男朋友。对，该去问一问他。林玫一点儿也没有想到要把纸盒打开来看一看。

江婉儿远远地就看到家里的窗子仍关得紧紧的，何宏还是没有回来，他已经有几天不回家了。江婉儿冷冷一笑，她知道他在外面有女人。其实江婉儿也不是传统意义上所谓的“黄脸婆”，三十刚出头的她风华正茂，特别是学识造就的那份典雅的气质使她更加迷人。不过最近她开始对自己那副天生的单眼皮不满意了，她曾打算到美容院去割成双的，但又怕一不小心给弄成三眼皮，所以直到如今还没拿定主意。

“回去马上给师哥打个电话。”她想。掏钥匙准备打开防盗门时，她发现门前有个大纸盒，她好奇地拆开。

“这个师哥，还真那么浪漫，有情调！”江婉儿翻出一张纸条匆匆瞥了一眼，脸顿时泛红了。江婉儿的笑意写上了眉梢。

何宏再一次举起酒杯时，忽然想起今晚还有一件事，于是他赶快向在座的几位打了个招呼。

当他走出酒店大门，发现满大街早已经是流光溢彩了，甜腻腻的风里透着一股令人沉醉的气味。几年的奋斗，让何宏从一个一文不名的毛头小子成为一家大企业的老总，而事业的成功又让他浑身上下都透着一种成熟男人的魅力。他发现有许许多多的女孩子都对他报以热烈的或是含蓄的微笑，他很满足。他也知道自己不过是逢场作戏。但他觉得最近似乎对自己的女秘书林玫是真的情有独钟，一看到这小妮子就能焕发出一种久违了的激情。

他前几天开着那辆奔驰，偶然看见林玫在专卖店围着那双高跟女鞋转了好几圈，等她一走他就毫不犹豫地进去买了下来。他在鞋盒里潦潦草草地写了一张纸条，约她今晚九点在雨虹宾馆606房间见面，那是他的长包房。他相信她一定会去的，他有这份自信，因为他看中的女人还从没有谁失约过。

何宏看了看时间快到了，马上用手机打了个电话给宾馆服务总台，让服务员把房间的门开好，然后他钻上小车，一溜烟地向雨虹宾馆而去。

上到了六楼。此刻大厦闪烁的霓虹非常耀眼，有一种令人目眩的光泽。何宏在楼梯口停了停，整了整头发，点上一根烟，然后向着606房间走去。一打开门，就听见浴室里沐浴的水声，在门边，醒目地摆着那双漂亮的高跟鞋。何宏笑了。

浴室的门开了，她走了出来，一头青丝半遮着秀丽的脸庞。何宏定睛一瞧，惊吓得差点儿跳了起来，手中的烟头一不小心把西服袖口烫了一个小洞。她也一下子愣住了，擦着头发的浴巾不觉就滑落到地上。还是何宏反应得快一些，赶忙过去把手搁在江婉儿肩上："婉儿，太忙，几天没回家了，约你到这儿来就是想给你一个惊喜，重温当年的那份浪漫！"心里他却恨得咬牙切齿："好你个林玫，看我明天怎样收拾你！"

江婉儿此刻也回过神来了，她紧紧地拥抱着何宏，心底却懊丧得要命："我怎么那么粗心哪，也不仔细看看笔迹，也不想想师哥能买得起那么好那么贵的鞋子吗？"

那双名贵的高跟鞋被放在了一边。不过，何宏和江婉儿都没有记起，今天是他俩结婚十周年的纪念日。

红 杏 出 墙

事情发生得太突然了。事情发生得真的是太突然了。

事情发生时我一点儿思想准备都没有。那时我正在网上看一篇《老公出轨后全国各地老婆行动一览表》：第一个，老婆一夜未睡。第二天来到一家私人侦探社，甩下两千元，委托私家侦探收集花心丈夫出轨的所有证据。过了一周，老公收到一张法院的传票，老婆起诉要离婚。最后丈夫被判过错方，房子、家产尽归老婆。这是个北京老婆。第二个，老婆一夜未睡。第二天，老婆上午到美发店做个离子烫，下午做了个面膜，顺便到情趣用品商店买了套性感内衣。晚上在家准备一个烛光晚餐，一共花费四百元。老公晚上回到家后，看到美丽性感的老婆，惊讶得嘴里可以放下一个鸡蛋，懊悔自己有眼无珠，并发誓一辈子不会让老婆离开自己。一周后，老婆写了一篇题为《我怎样留住了我的花心老公》的文章在杂志上发表，还得了五百元稿费。这是个上海老婆。第三个，老婆一夜未睡。第二天，老婆打扮得花枝招展，给初恋情人打了一个电话：喂，还记得我吗？我很寂寞，我今天晚上有空。于是老公在外面继续潇洒，老婆在家里私会情人，井水不犯河水，相安无事。这是个广东老婆。第四个，老婆一夜未睡。第二天一起床，老婆把屋里收拾得干干净净，把丈夫的换洗衣服叠得整整齐齐，留了一张纸条，告诉丈夫按时吃药。于是回娘家了。后来老公良心发现，到岳母家负荆请罪，请回了老婆，并发誓好好过日子。这是个四川老婆……

边看边笑，还有好几个地方的老婆没看完呢，我就听见手机的短信提示音响了。开始我还没在意，正准备继续瞧下去时忽然觉得有些不对劲儿，这不是自己手机那熟悉的声音啊。转头一看，是她的手机。她不是到幼儿园接儿子去了吗？平时她总是手机不离身，生怕我偷看什么，但百密终有一疏，今天不是掉这儿了吗？切！

我把目光转回到电脑上。一会儿，提示音再次响起，我叹了口气：烦不？然后出来到沙发上拿起了手机。然后……然后就出事了。

我看了那条短信。我认识发给她短信的那个人。我不仅认识他，而且他还是我很好的朋友。那一刻我不敢相信自己的眼睛。我在心里暗自祈祷：这是他一厢情愿、自作多情，她不会是这样的人，不会的！我拿着手机的手在颤抖着。我还是打开了“已发信息”那里。她果然没把发出的信息删除。我呆住了：昨晚想你，一整夜没睡着。我想要你。害我难过……

我一点儿思想准备都没有，我绝对想不到这种事情会出现在自己身上！我突然想流泪，却无法流出，只觉得心里憋屈得难受，像被压上了一块大石头。我觉得连呼吸都有点儿困难了。

把手机扔回沙发上。许久，我才艰难地移动步子，无意识地下了楼，走到了街头那棵熟悉的树下。一阵阴凉的风，把已经枯萎的叶片从树上吹了下来，暗淡的树叶跟着风旋转着，向我的脚下滚着，天空有点儿发灰。我也不顾来来往往的人们诧异的目光，一屁股在树旁坐了下去。因为，我清楚，今天是我们在一起六周年的纪念日。

我记得，正是六年前的 11 月 3 日，我们一起接待一位客户，我陪那位客户喝了不少的酒。酒壮人胆，席散后我有意无意地牵了牵她的手，她没有在意。深夜车少人稀的街头，她在街灯下的侧影变得异常柔和，我忍不住拂了拂她额前的碎发。她好看的嘴角有点儿颤抖。起风了，身旁的这棵树宽大的叶子在沙沙地响。我鼓起勇气坚决地握住了她的手。我决定绝不让她甩开。而她也没有挣扎，温顺地把手贴在了我的掌心。我们会心地一笑，相对无言，就这么让手紧紧地握着，紧紧地。

而六年来，我对她有多好？我不知道，我只清楚，我是付出了自己全身心的爱。我不记得有多少次吻着她温软的甜甜的唇舌，抚着她柔柔的丰腴的身子，闻着她清新的淡淡的体香……她生孩子时，我没法儿在她身边，就把在西山求来的佛交给她乞愿她平安；她突然身体有些不舒服，我立刻从六楼跑到药店给她买药；她的文案无法完成，我就一宿不睡泡在电脑前熬个通宵，看着她拿着材料满意地笑了我的心也笑了……可是，她怎么能这样背叛我？

我这时候才想起了最近她的反常：她经常接到莫名其妙的电话，而且还离我远远地，说话口气很谨慎，平时接我的电话没啥热情，但对这个男人，忽然变得异常温柔、客气，有时说话时间特别长，比跟好朋友还要热烈。然后还主动和我解释说只是一个男性朋友。男性朋友？现在才知道原来是男朋友！本来我们蜜里调油似的整天黏在一起，渐渐地约会次数少了，她常以各种借口参加各种聚会，而且时间特别长。我如果问得紧了，她还生气嫌我管得太严。

我越想越气愤，立刻掏出手机想打电话质问她，忽然记起她的手机不在她身上。我只好恼怒地砸了一下自己的头。

待了很久，我的情绪渐渐平静下来，然后垂头丧气地回到房间。

电脑还开着。我随意地把鼠标往下一拉,跳出来的是《老婆有外遇后全国各地男人行动一览表》:第一个,他一夜未睡。第二天来到一家私人侦探社,甩下两千元,委托私家侦探收集妻子出轨的所有证据。过了一周,他得到信息,老婆的新欢是他的局长,他和老婆谈判。不久,他被破格提为处长。这是北京男人。第二个,他一夜未睡。第二天,上午他到律师事务所咨询了有关离婚的问题,下午请了做精算师的朋友算了离婚后的经济损失,由于朋友算出的经济损失太大,傍晚做出了不离婚的决定。晚上分析老婆出轨的原因至第三天凌晨。第三天早上,决定辞去一个兼职,多留点儿时间陪老婆。这是上海男人。第三个,他一夜未睡。第二天,他到二奶的住处,动情地对她说,我决定明天就给你名分。离开二奶的住处后,他又在想是不是该给三奶一些补偿……这是广东男人。第四个,他一夜未睡。第二天一起床,他背上个包袱就离开了家。在他离家出走后,老婆悔恨交加,和情人断绝了关系。有不少男人(其中不乏高官、富豪)垂涎她的美貌,但她始终守身如玉。三十年后他回到了妻子的身边,两人过上了幸福的晚年生活。这是四川男人……

我再也无法看下去了。我羡慕这些丈夫,不管怎样被笑话,但怎么做可都是他的权利呀,那是他的老婆!可是现在,知道了她有外遇，除了在心中痛骂她下贱和水性杨花外，我明白，我不能有任何的举动，因为，因为刚才是被怒火冲昏了头，现在我想起了，我有自己的老婆，她也有她的丈夫，我和她，也只是——情人关系……

决定娶她的理由

那时我认识惠儿已经快五年了，马拉松式的恋爱让我好想有个家，但我还从没有向惠儿求过婚，因为我觉得好男儿应该先有事业后成家，因为此时的我雄心壮志什么的都不缺，唯独缺钱，我怕惠儿嫌我穷不肯嫁给我，我怕惠儿嫁了我会受不了那份苦。我爱惠儿，我也知道惠儿爱我，可我当时上下一无是处实在没有底气娶她，正因为如此，每次牵着惠儿纤细的小手，我都无法吐出那句久藏心头的话——惠儿，你嫁给我吧……

我住的地方风光很美，穿过碧绿的树林有一座石桥，走过石桥便是新建的滨江大道。黄昏的时候我们经常去大道上散步，杨柳依依，沿河边而来的轻风拂着面颊，斜晖给远远的高楼披上金色的衣裳，直到西天燃尽了最后一抹残红，我们才踏一地星辉归来。

这天我们在河边坐得久了些,回来时感觉肚子有些饿了。于是我说惠儿我请你吃夜宵吧，惠儿悄然一笑，我便牵着她的手走进了大道旁的夜市。

夜市上非常热闹，人来人往，我们在一个小摊前坐下，摊主殷勤地用抹布擦着桌子，水壶在旁边发出嘶哑的叫声，五颜六色的灯光犹如一块花枝招展的彩纸，正在包装着夜晚漆黑的根部。在小摊不远处一块空隙的地方围有一堆人，好像在瞧着些什么。

看我好奇的样子，摊主不在意地说：“那是一个弃婴，昨天就在这儿了。昨晚有人抱走了，但今天又放回这里，恐怕是这婴儿有什么病吧。现在这些做父母的也真是的，作孽啊！”

就在这时，在嘈杂与吵闹中我们清晰地听见了婴儿的哭声，一阵无助而微弱的哭声。

我看见惠儿全身忽然一颤，她飞快地站起身来拉起我跑到那边挤进了人堆里。我们看清了,一个纸箱摆在人们脚下,纸箱里一条崭新的毯子裹着一个婴儿,婴儿只露出一个头来。看着孩子的模样，我的心顿时像压上了一块石头，我担心，一旦没人抱走，这孩子还能熬过这漫长的夜晚吗？我没有注意到此时惠儿已匆匆离开了人群。

人们还在议论纷纷。一个年轻漂亮的姑娘用一袋牛奶碰了碰婴儿的嘴唇。是惠儿！婴儿立即吮吸起来。围观的人们一下子静了下来，十多双眼睛都紧紧盯着这个小小的生命。婴儿闭着眼睛贪婪地咂着嘴，不哭也不闹，安静地躺在人们同情和悲怜的目光里。我弯下腰来,和惠儿蹲在一起，那一瞬间我俩都看得真真切切，婴儿的眼角，有一大颗晶莹的泪滴！

惠儿的泪水一下子溢了出来。她从手袋里掏出一百元钱轻轻放在纸箱边，然后猛地抓起我的手仓皇地逃开了。走在大街上，我们都没有说话。我停住了脚步。我久久凝视着惠儿那清秀的还带着泪痕的脸。我感到一阵揪心的疼痛，就在这一刻,我知道了惠儿这么一个好姑娘是能与我同甘共苦的,我要娶惠儿根本就无须去找任何理由，我真是傻瓜一个，能娶到惠儿是我八辈子才修来的福分，我为何耽搁了那么久？我一下子把惠儿拥在了怀里，我脱口而出：“惠儿，我求你，嫁给我！”仿佛过了许多个世纪，一个美妙的声音终于穿越了千山万水破空而来：“我答应你。”

两个月后，惠儿成了我简朴的新娘。

春日里的桃花

1

昨天吧，也就是昨天吧，山脚下自家院里那株桃树上的桃花突然间就全开了。两天前还是刚刚有些浅色的花蕾，昨天再见时，就已经开得很灿烂了。天气也很好，院子里，阳光里，桃花肆无忌惮地美丽着，像空中一片淡红的云。

而三江平时不太喜欢桃花，他总觉得，桃花是有些鬼魅的。

但今天当他和乡里教育组的辅导员轮流担着他的行李，沿着无数沟沟坎坎的盘山小路蹒跚而上，三个多小时后终于望见这满山的桃花时，他心里还是舒了口气：桃寨就要到了。

大山丛中的桃寨村四周桃花盛开，灿若红云，漫山遍野，夹杂在其中的梨花也在迎春开放，如雪的白花映衬粉红的桃花，争妍斗艳。此外还有一样怒放的李花、油菜花，姹紫嫣红，铺满山沟——春天可真是一个让人心花怒放的词。

三江已经有点儿软绵绵的脚步不由自主地再次加快了。

又半个多小时过去，他们才好不容易爬到了桃寨小学。眼前的学校让三江顿时满目凄凉：一间干打垒的教室和一间土坯房，墙壁处处裂缝，屋顶如筛子般透亮，地面坑坑洼洼，如果不是院内飘扬的五星红旗，很难让人把它与学校联系起来。但它确实是一所小学，一所三江将一个人待下去，还要教十七名学生的小学。

这天晚上，他们就在四处透风的土坯房里和衣而睡。虽然已经是春天了，但深山沟夜里的风依然还是刺骨地冷。

辅导员走了。三江憋不住想哭。

前几天乡教育组的组长把三江找去。组长说："三江同志，你刚从师范毕业，可能还不清楚我们乡目前教育的状况。今年我们转正了一大批原来的代课老师和民办教师，本来已经收不下你了，但有个比较偏远的山区教学点，老教师退休回家，安排来安排去到现在开学这么久了还没人愿意去，所以就找你来了。年轻人，去锻炼锻炼是不要紧的。没问题的话明天就上山吧。"

组长的眼光的确具有穿透力。如今师范生已经没有工作岗位可以安排了，三江家为他读这几年书已经欠了一屁股债，该是他为家里排忧解难的时候了，何况本就是穷人家的孩子，还怕什么吃苦呢？

但三江就想不到学校会是这么个状况。

这个十八岁的毛头小伙子第一次见识了一座真正的大山。也就是在这个时候，在晚霞烧红了整座大山的黄昏时分，三江，如今的三江老师，也第一次见到了春桃。

清清瘦瘦的小溪自大山深处流来，弯弯曲曲流经村庄、桃林和庄稼地。西边的太阳慢慢落山，春桃牵着吃得圆滚滚的黄牛，沿着长满竹子的小山溪回家。她牵着牛走过半山坡上的桃林，来到两间破房前，把牛绳系在门旁的烂石磨上，她要进去看看从山外新来教书的小先生。村里很多人都来看过了，小姐妹们都说新来的小老师可文静了，一看就是见过世面的，还真惹人疼呢！

三江端着碗，饭上盖着几片菜，然后一吹一吸地很快就将碗里的内容吃得干干净净，嘴一抹，正要去舀水洗一洗，一只修长却又有着许多划痕的手一下将它抢走了，等他回过神来时，被用竹筒引来的山涧水冲洗好的大碗早已反扣在破桌面上。春桃乐了："你这个小秀才，还会干这种活儿？以后都让我来吧，老村长叫我帮你打理些杂事呢！"

春桃是春花的姐姐，春花已经读六年级了，春桃也该有十六七了吧？春桃长得真的就像那艳艳的桃花。

三江靠在老村长送来的那张竹椅上眺望漫山开遍的桃花，终于感觉到现在确实已是有些春意了。

2

又一个春天来了，漫山遍野的桃花又开了。很美。春桃说可以采些下来养在瓶子里，三江觉得那样不好：美丽的东西就应该让它归属自身的原貌，这样才不会损坏它美丽的本质。

三江说，我很喜欢春天。

“春桃也喜欢春天。”

“我们都喜欢春天。”三江说。

春桃禁不住偷偷笑了。

春天的季节里，山峦背后的天边很美。仰望天边的那一刻，每人的心情都是极舒畅的。如果三江注意到春桃那刻的表情，一定会有所领悟的。春桃是个很容易满足的人。

但三江没有注意。

三江正在想着，还有多少个春天可以慢慢被自己消耗？

正想着想着，挺大的春雨突然就下起来。山里的雨过来预先是没有一丝征兆的。三江一激灵，脚下一滑，就从矮矮的屋顶栽了下来卧在地上不能动弹。此时的三江正和春桃在修缮教室的屋顶呢，春桃在地面给他打下手。

等春桃心急火燎地绕出教室门跑过去连抱带背把三江弄进土坯屋，三江已经湿得像刚从水中捞出来一样了。

春桃把三江放倒在床上，要帮他扒掉衣裤。三江自己动弹不得，只好任她去弄。春桃的手挨着他，觉得很烫，扒下裤子时，春桃才发现，三江的脚踝，已经肿胀得如同刚蒸出来的苞谷面，用手一摁就是一个坑，煞白。

春桃再用手摸了摸，说是脚脖子窝了气。于是她立即跑到外面，用砍刀将竹子削好两个竹筒，又在灶膛生好大火，把平时烧水的壶子架上去，然后将竹筒放进壶里煮。

煮了约有半个时辰吧，春桃砸破一个酒瓶子用清水洗干净，再问三江：上次拿来给你的苞谷酒放哪儿了？三江想了想说，好像是放床底了吧，有些记不得了。春桃到床底一翻就找了出来。

于是春桃撕开一块布，蘸着酒在瓶刃上来来回回地擦。末了，她对三江柔声说："会很痛的，你忍着点儿啊！"

三江点点头，额头上的汗就出来了。

春桃掐起他脚踝上的一块皮，一划，三江脚肿胀的地方立刻裂开一条口子。三江疼得啊的一声叫了出来。春桃赶紧将一张小纸片点燃投入竹筒内，然后立刻将竹筒口扣在划开的口子上，竹筒便紧紧压在上面了。

春桃用自己的衣襟帮他擦掉额上的汗水，然后再重复做了两次，果然就见消了肿。消肿后三江也觉得轻松了许多。

三江拍了拍旁边的被褥说："春桃吓着你了，辛苦了，这儿躺躺休息一下吧。"

春桃横了三江一眼："你以为我不敢啊！"

三江愣了愣："什么敢不敢的？我没别的意思啊……"

春桃紧靠着三江就卧下了，三江能感觉得到她的身子像面团一样柔软，滑腻滑腻的，又像盆火一样地灼人，还能听见她的心跳很快。三江就盯着春桃看。春桃赶紧把脸拧向别处，春桃的脸颊早已飞起了两朵迷人的桃花。于是三江看春桃的眼神就越来越迷离了。三江心里甚至在想，可能这桃花，就是自己的爱情了。

3

"远离城市的喧闹和浮华，生活在桃花丛中的人们是幸福的，每人都有自己的生活方式，如果可以选择，我倒情愿选择远离尘世的那份幽雅。"

三江手拿着同学的来信。三江心里说，真是饱汉子不知饿汉子饥，有种的你来生活几天试试，看你还会有多少幸福，有多少幽雅。

春桃坐在窗下，头发亮，眼睛汪。

春桃凑到三江面前，跟他说话。春桃的话呀，那么多，好像把三江整天沉默寡言不说的话全部都替他说了似的。三江边听着，边心不在焉地将手中的信折成了一只纸鹤。三江在师范学校读书，师范学校里做手工是必须练习好的一门基本功。

“你不要老是把村里家里牛啊猪啊的那一套拿来说好不好？”三江这样不耐烦地说。

他的话令春桃很意外。

“可我家的猪牛就是有的说啊。”

“跟你讲不清。”三江终于厌烦了。

啊，也罢。只要三江觉得不好就不好。

也许三江说得对吧，春桃总是拿那一套来说。因为春桃只能拿那套来说啊。

不过春桃就想不明白，春桃说得难道不对吗？

春桃就去问根发。春桃和根发是邻居。春桃是女孩儿，小学读了两年家里就不给念了，根发的爸吃够了没文化的苦，咬着牙把他送到了山外的学校，一直到高考考不上为止。根发后来就在外面打工，这段时间回家办妹妹的婚事，过一两天就要走。春桃知道，根发见多识广，三江喜欢听什么，他一定清楚。

根发被迫从游戏中脱离出来。他拨开那些散乱的各式干电池，在桌面上摊了一张地图，然后手就在上面挥来挥去，哪里是繁华都市广州、深圳，哪里又是看不到名字的桃寨……

最后根发说，你到过这些地方后，你就会说三江老师喜欢的那套了。

春桃的眼睛跟着他在地图上移来移去。她还是头一次看到地图呢，这样精致这样复杂，太了不起了，一种被感染的兴奋控制了她。不，这兴奋，不仅仅是因为地图，还与根发告诉她的答案有关。

4

第三天天刚麻麻亮，春桃就和根发上路了。根发要带着春桃去大城市寻找三江喜欢听的那套了。春桃没告诉三江，她只告诉了没日没夜下田干活儿已经满头白发的妈。

繁华的城市里五颜六色的广告牌、商场和超市琳琅满目的商品，迷乱地扑向春桃。在潮水般的人流中，春桃一时都不知道该把自己的手脚往哪儿放了，只有紧紧地攥住根发的手。

傍晚时分，根发把春桃安顿在了一家隐在巷子里的美容院。根发把她交给了一个陌生的女人。根发拍了拍春桃的肩：

这里有你想要的东西。根发使劲儿挣脱了春桃的手。一闪身，根发就不见了。

根发！根发！春桃用劲儿喊。没有人回答。

根发！根发！春桃拼命喊。巷子死一般的沉寂，一点儿回应也没有。

那个女人扭着身子走了过来。后来春桃知道了她就是老板娘。她轻轻抚摩着春桃的肩头："别喊了，早走了，好妹子，来了就好好干吧，要紧的是挣钱。"

春桃眼泪直下："我不要，我不要钱，我要三江哥，我要找他喜欢的东西。"

老板娘扑哧一声笑了："傻妹子啊傻妹子，不要钱你怎么生活？你放心，这里的哥哥多的是，只要你进了这间屋子，你想要什么，哥哥们都会给你的。"

一连几天，都在人家这里白吃白住，春桃就觉得自己有点儿对不住老板娘了。自己有力气，能干活儿，但春桃又不知道在这样的城市里，自己到底能干什么。

这天，一个胖胖的男人走了进来。老板娘说，春桃，你来好好接待这位老板吧。春桃不知道老板是什么含义，但看着他西装革履的模样，春桃想肯定比瘦猴似的根发强多了，他一定知道三江哥想的那一套东西。

男人搂着春桃，向旁边的暗室走去，春桃顺从的背影，像春日里闪烁的桃花。

男人丢下两张百元钞票走了。春桃想问问他，但那男人已经走远了。

后来，许许多多男人来过，形形色色的男人和春桃之间上演着基本相同的故事，但春桃都不知道该怎么问出口。他们给了春桃漂亮的衣服和各式的化妆品，也给了春桃暧昧慵懒的生活。再后来，连春桃自己都懒得去理会自己当初是为什么来的了，她甚至有时候半夜醒来还会突然懵懵懂懂地想：桃寨是哪儿？三江哥，他是谁？

直到有一天，春桃正在上班等客时，偶然一抬头，她惊奇地发现，怎么会有一个年轻人这么面熟？

三江正满脸忧郁地望着她："跟我回去吧，春桃，桃寨才是你的家。"

春桃慌乱地点点头，然后又坚决地摇摇头："不，我不回那个地方！"

三江的脸没有一点儿血色："你真的像根发说的，不愿意回去了？"

春桃默不作声，泪流满面。

三江黯然地走了。

三江又黯然地来了。

春桃说："三江哥，你走吧，我是不会回去了。"

谁都没有想到的是，三江居然会突然从口袋里掏出一把水果刀。

春桃一下子跌在了地上。春桃惊恐地看着三江高举起那把刀子。

春桃下意识地抬头看从三江手腕喷在墙上的那些鲜血，真像桃寨山上的那些花，春天的桃花，怒放的、摇曳的、鬼魅的、淡红的，春日里的桃花，很美。

光阴的故事

进山的时候正是春天。他们要去的山村叫黎家寨，寨里的生产队长翻了两个小时的山路出来接他们。

净蓝净蓝的天，灿烂的阳光极好地照耀着弯弯曲曲的山道，精细的山风不急不缓不软不硬地吹过来，绵延不绝的大山满是葱郁的翠绿，让第一次到山乡的洁洁一时间感觉极为舒畅，原先有些惶恐的心竟飘出一串儿憧憬的情愫来，宛如天上那几朵浮着的浅浅的白云。特别是远远望到寨子的时候，那一条沁凉沁凉的山涧小溪绕寨而过，给人仿若人间仙境的感觉。

但到了知青宿舍，洁洁一行几人都彻底地叹了口凉气：一间泥墙瓦房，懒散地横着几根木棍在窗子上做杆，屋旁就是生产队的牛栏，空气里混杂着浓浓的腥臭味。而放眼望去，这竟然还是全村最好的房子了！

然后就是艰辛地劳作。作为一个城里来的女孩子，洁洁并不显得娇气，她吃得了苦。但是秋去冬来，不久就刮起了知青返城风，眼瞅着同来的伙伴们一个个渐渐离去，洁洁的心越来越慌。终于有一天，面对着空空荡荡的知青宿舍，洁洁不由得号啕大哭，哭完后也只有独自一人黯然神伤。

洁洁最后还是离开了这个小山村。走的那天村里的老小几乎全都站在村头直到无法再望见她的背影。

洁洁的心里也是酸酸的，她很想和帮她挑行李的那个十八九岁刚毕业回乡的小伙子说说话，但小伙子闷着脑袋头也不抬，就是不作声。

一晃眼二十年过去了。没想到二十年后的洁洁竟是以一名企业家的身份被邀请回当年插队的县里，为山区的经济发展献计献策。接站的男子自我介绍说叫黎冲，是县委办公室的副主任。洁洁觉得他看自己的眼神似乎非常灼热。洁洁有些恼怒地想，这个人真不懂礼貌，怎么当上的办公室副主任！

开了两天会，不知为何洁洁老是无法专注起来，一点儿也不像以往她出席会议的状态。

会议最后一天了，黎冲忽然急匆匆地进来附到洁洁的耳边轻轻说："想不想到黎家寨去走一趟？我安排好了车子，现在路已经可以直通寨子了。"

走了一趟黎家寨，洁洁马不停蹄地登上了回省城的火车。

黎冲帮洁洁放好行李，而洁洁依然还无法将自己的情感从当年中调整回来。人面桃花，二十年的光阴冲掉了许多东西，黎家寨有了巨大的变化，唯有那条小溪依旧流水潺潺。

正当她不胜唏嘘的时候，黎冲突然冒出了一句："我认识你已有二十年了！"

洁洁愕然地望着他。

黎冲带着一丝少有的羞涩，向她伸出手淡淡地笑着说："当年你离开黎家寨，下山时就是我送你的。一路上我很想和你说话，你上车的一刹那我非常想跟你握握手，但是我不敢，我那时刚从学校毕业。不过不知为什么，送你下山的那两个小时和车开时的情景，却一直出现在我的记忆中，让我至今无法忘怀。这次我从受邀请的企业家名单中看到了你的名字，开始还不敢相信，直到接站时才确定是你。我真开心，二十年前想做的事今天总算完成了，哦不，还没有握手呢！谢谢，握你的手真的是当年想象的感觉！我会永远记住这一刻的，就像记住二十年前的往事一样。让我祝你事业更发达，生活永远幸福，好吗？"

车缓缓启动了。望着黎冲依稀的身影，洁洁忽然有种想呼唤他的欲望，然而，话音还未出，泪水已潸然，就像绕寨而过的那条永不停歇的小溪。

阳　　关

风从遥远的天边吹来，越过沙丘、浅泊，越过荒林、草丛、一望无际的荒漠。这独特的景致，仿佛一幅似曾相识的画面，却比画面更神秘莫测，更令人心动。“大漠孤烟直，长河落日圆。”这是唐朝大诗人王维写下的千古流传的名句。如今，烽烟虽然不见了，烽火台仍在，塞外景色依然如故……

稀疏的马蹄声由远及近，疾疾穿过无人的原野。

一匹瘦马在一段枯死的树桩前停住了。一个显得有些疲惫的年轻人从马上下来，随手把缰绳在树桩上缠了两圈。他就是杨三。他身背一把毫不起眼的长刀，与他的破衣烂衫颇不相符的，是他的双眼。他的双眼清澈明亮，深邃而让人难以捉摸，似是随时在洞察着身边的每一件事物和每一个细节。

枯树的旁边就是小客栈。

从凉州西行，走在阳关道上，从春到秋，刀客杨三在一路寻找江湖游侠肖四剑。

杨三住进客栈的时候正是黄昏。

他闪亮的眼光盯着掌柜："你见了肖四剑吗？"

掌柜的眼也直盯着他，脸上还有一丝很难察觉的笑意："肖四剑是谁？"

望着杨三上楼去的背影，掌柜沉默了。他幽幽地叹了一口长气。阅人无数的客栈掌柜心里很清楚，这应该是一个厉害的刀客。一个刀客要找一名剑客，要么是不共戴天的生死仇人，要么就是黑吃黑地殊死拼杀，看来，这条刚平静了没几天的阳关道从此又不会太平了。他知道，好戏就要开场。

血色夕阳下，夜色无声地来了，青灰的土路忽然变得空旷得可怕，然后渐渐被黑暗淹没。黄昏的阳关道旁的小镇，处处散发出一种苍凉的死亡的气息。但无论是掌柜或杨三还是匆忙投宿的其他客商都没有注意到，一个人逆着暮色走进了西河滩古坟岗的松柏林里。

月亮明晃晃地跳出来了，几片流云在天空中晃荡漫游。有个不出名的诗人说过一句不出名的话：月色很好的夜晚是不真实的。杨三是刀客不是诗人，对所谓的诗文不感兴趣，但他依然感觉到了这个夜晚的不真实。因为正在窗前皱着眉头想心事的他忽然听到了一个细微的声响。

这个陌生又熟悉的声响滑过他落寞多年的心头，静谧而和谐。

他的身子猛然一震，倏地越窗飞出。

两个影子一前一后向西而去。

乱坟岗子里，轻轻摇曳着的树叶将月亮满地的白晕弄得斑驳和阴森。紧追而来的杨三眼睛一花，目标便不见了踪影。

他心中一惊，一丝恐惧掠过。他静立不动。他紧握刀柄的手在微微发颤。

寒鸦有一声没一声恐怖地叫着。杨三就这样立着，一动不动地立着。半个时辰过去了。杨三的脸色苍白，像一座雕塑。

猛然，群鸟冲天而起，一根树枝疾速荡过。

借了这一荡之力，一个身影如同敛翅扑击的猎隼发出了必杀的一击，精钢宝剑反射着凛冽的月光。而就在这蓦然而止的瞬间，月色在云层后迅速暗了下去。

云开月现。

杨三纹丝未动。

剑锋就在他喉头三寸的地方。

而他手中的刀居然没有跳出刀鞘。

你为什么不拔刀？

杨三没有回答。他闭着眼，许久，才喃喃地说：“我知道你会出现的，我知道你一定会出现的，没别的，就因为，今天是冬月初三，是我们第一次在一起的日子！”

杨三！欲望无边，凡事有度，一切适可而止！

不！你错了！任何时候我都不会放弃希望，哪怕只剩下一只胳膊；任何时候我都不会放弃梦想，哪怕伤残得不能行走。万丈红尘，芸芸众生，你伤害过谁，也许早已忘了，可是被你伤害的那个人永远不会忘记你。

嗖的一声，宝剑落下，插在坟地上，晃了几晃。那个身影暴起，眨眼间便消融在月色里。

杨三想追，已来不及，想唤，喉咙哽咽，已是无法出声。

刀剑相接。喑哑的金属闷声。黑暗中还能看得见撞击出的火花。

火花直刺向杨三的双眼！

杨三急忙用手遮挡。手一动，杨三便醒了。刺眼的是从窗隙中射入的阳光。

杨三怔怔地望着窗户发愣。师父说过，重要的不是渴望做什么，而是要知道自己能做什么。回忆昨晚的情节，杨三确实不知道自己现在能做什么。

他不由自主地来到了西河滩的古坟岗。白日里的乱坟岗子完全没有昨晚的那种阴森和恐怖，树荫下还有个年轻的守墓人在叮叮当当地刻着墓碑。杨三的目光停留在了他握着刻刀的手上。他时而大刀阔斧，势如破竹；时而轻磕缓点，刀锋争妍。忽然他的手轻微一战栗，一道阴线旁边出现了一点儿不太明显的刀误印痕。

唉！杨三情不自禁地叹惋了一声。

守墓人却头也不抬，毫不在意地说，很多时候，我们的烦恼来自对完美的追求，由于刻意追求完美，我们不能容忍缺陷的存在，结果，经常一点儿小小的缺陷，就可能遮蔽住我们审美的眼睛，使我们的目光滞留在缺陷上，而忽略了周围其他的美好之处，以致错过了许多美好的东西。

看似沉默寡言的他，居然一口气说了那么一大段话！

他继续旁若无人地一刀一刀刻下去，也不看杨三一眼。

许久，他朝墓碑猛吹一口气，然后长身而起，石粉飞舞中，几百斤重的墓碑随着他的起身而瞬间立住！杨三右手紧紧握住刀柄，一丝寒意掠过心头，眉心却沁出了汗珠。

守墓人走入了屋子。他三十出头，瘦瘦高高，衣衫虽旧却十分整洁。

杨三顾不上那么多，也急跟进去。屋子很小，奇怪的是它的背面是个石壁。杨三警惕地扫视过去，凝神细听，石壁里居然隐隐约约似乎有女人的笑声。

杨三拔刀而出，说道："是你！你就是肖四剑！是你拐走了我的师妹把她藏在石壁后面！"

刀气凛然，蕴藏着一股杀伐铿锵、铁戟交鸣之声。

守墓人没有吭声。

他的眼睛直盯着杨三说："一个人能被他人相信是一种幸福，他人在绝望时想起你，相信你会给予拯救更是一种幸福。"

他轻描淡写地用指一弹，杨三指向他的刀锋便偏向了一边。

朋友，有些路注定不能回头，有些错注定无法更改。

话音未落，他便悠然地踱出了小屋。

愣了良久，杨三的手腕还有些发麻，当然，脑子也是。

这时，石壁的门忽然开了。

杨三不假思索，飞身跃进。

而几乎同时，石门倏地闭紧，当杨三意识到自己上当了时，已经无法退出。

杨三发狂地将全身功力运到掌上，挥掌向石门击去，石门却连颤动都不颤动一下，他把刀插进门的缝隙中，却无法使出一点儿力气。

杨三终于瘫坐在了地上。

一切声息都消失了，四周仿佛藏着几十万斤尘封已久的寂静。当杨三的心情渐渐平息下来时，他的眼睛也逐渐适应了洞里的黑暗。

其实这就是一个宽大的天然石厅，有五米多高，四周最宽的地方有五六米，洞内的地面还是有点儿高低不平的。石厅的中央，有一块像桌子一样的大石块，周围还有几个像是凳子一样的小石块，看上去应该是人工摆放在那里的。

杨三小心地走向那一张石桌，到了石桌边后，感觉没什么危险，就在石桌周围的其中一个小石凳上坐了下来，定了定神，然后，又看见这石桌的后面有几大袋东西，他小心翼翼地解开，原来都是干粮，再定睛细看，旁边还有很多桶封好的干净的水。看来肖四剑还真懂得这样的道理：先多花些时间，做好完善的硬件设施，未雨绸缪，这样才有安逸清闲的日子可过。

坐在小石凳上考虑了一会儿，杨三先向石厅四周进行探索，他把刀摆在石桌上放好，然后向着石洞的一面走了过去，走到石厅的边上，仔细地观察起来，一边看着一边慢慢地绝望了：他发现面前的都是天然山体，根本无法打开出去。

就在快要放弃的时候，他又想起了师父的话。师父说过，跌进坑里，别急着向上看。一心寻求别人的帮助，常常会使人看不见自己脚下最方便的路。

再静下心来仔细寻找，他的眼睛一亮：在边角的地方有几把凿子和锤子！

狂喜之下，他马上开始凿那石门，是从门的正前方斜着凿进去。叮叮当当，清脆的声音在山洞中回响着。

就像傻了一样，杨三什么也不想，只是拼命地凿。

石门比普通的石头坚硬了不知多少倍，开始凿的时候，许久也凿不进去两寸，手上还磨出了血，但渐渐便快了，他找到了诀窍，不久便可以凿进去许多。凿得久了，他渐渐也看得清一些影子，倒也凿得不算太慢。

他不分日夜地凿，其实山洞里也就是这样，没日没夜。杨三不能判断时间，只能摸黑凿，石头的粉末碎屑沾了他一身。有时累了，他便在地上睡上一会儿，然后起来又继续。饿了，就啃几口干粮喝两口水。

但愈凿就愈困难，因为他开始凿的时候心太急，只凿出一个小洞，够将手探进去，就迫不及待地往深处凿，但不久便觉出洞太小无法使唤铁锤，他只好又回头把洞凿大，这费了他一些时间。

凿子磨得不能用了，锤子也坏了，他便再换一副。

一天又一天，这样凿了许久，他觉得石门似乎是传来了回音，这样他凿得就更起劲了。

又过了不知多少个日夜，他已经能够确定石门就快要凿开了。但有时他竟会觉得这石门外头的空间其实还是石洞，每当他想到这些他心里就发慌，慌到他忘了自己究竟是为什么来凿这石门的。

后来当他心慌的时候，就放下锤子和凿子，拿起刀来舞上一阵子。

一天，凿子突然从他的手中冲出去，掉进了石门的另一头。那一刻杨三有些麻木，虽然他知道把石门凿开的日子已经近在眼前，但这一刻真的到来的时候，他却一点儿也不惊喜，甚至有些迟钝。一缕阳光从那个小孔射进来，照亮了他紧握着锤子的粗糙的大手，他猛地醒悟过来，一掌砸向那石门……

先是一片迷茫的光亮，然后慢慢地清晰起来。

肖四剑面无表情地站着。

杨三冷冷地说："你以为困得死我吗？以你的武功，你应该可以将我杀了！"

肖四剑淡然一笑："你错了，我本就不打算让你离开这个美好的世界。许多人都把对手视为心腹大患，是异己，是眼中钉、肉中刺，恨不得马上除之而后快。其实只要反过来仔细一想，便会发现拥有一个强劲的对手，反倒是一种福分、一种造化。因为一个强劲的对手，会让你时刻有种危机四伏的感觉，会激发起你更加旺盛的精神和斗志。"

然后他转过头："他是你师兄，你们单独聊聊吧，我在老地方等你。"

一闪，便不见了踪影。

杨三愕然。

师妹就娉娉婷婷地立在他面前，一如从前。

“我、我……我对你那么好，你为什么要离开我！”

杨三的话音明显地打结了。

“可是，你要我变成你身边的一只羔羊！你知道变成一只羔羊意味着什么？这意味着将丧失所有的力量，意味着这个人比任何人都虚弱。”

杨三黯然失语。

“那天晚上我已经提醒了你，杨三，我们不是一条道上的人，你以后别烦我了！那时我们都太年轻，供我们使用和挥霍的时间和青春绰绰有余，我们不太在乎失去，也不太在乎伤害，再痛再苦，一觉醒来，感觉什么都好了。只是到了阴雨天，我们隐隐作痛时，才会想起，哦，那些伤，原来一直还在那里。你曾经伤害的那颗心，她也一定会在某个夜晚或者清晨，突然惊醒般地想起，关于你的点点滴滴。然而，分手后就不要再后悔，这时的回头，是石子投进平静的湖水，只会把伤害的波纹一圈圈扩大……”

“可是，你让我如何能忘掉你？如何忘掉？”

杨三喃喃地说。

“杨三，你有一种习惯，总喜欢把自己弄疼，伤口明明已开始结痂，却是自己忘不了，每天用手去拨弄，直至它再度流血流脓。我告诉你，当你不怕疼痛，当你习惯了重温这种疼痛，什么药也治不好你！”

杨三喘着粗气。

“杨三，你的心中有‘刀’，可以伤人，也会自虐。伤害他人很明显，而自虐往往不被注意，而且，这种自虐有时就像着了魔，会越陷越深，不能自拔。当这种执着无法自我调节时，便会常常痛不欲生，自己的身心会受伤害，这不是拿着屠刀自虐吗？而一旦受刺激，你会将心中的刀转化为手中的刀！想要平静地生活，将眼界打开，望向前面的路吧，前提是，先放下心中的屠刀。”

他的脸色惨白。望着眼前的师妹，他缓缓地提起了刀。

她抬头逼视着他，身子在微微颤抖着。

一道白光闪过，一截胳膊便掉了下来。

他闭着眼，任自己的鲜血洒落在沙地上，洒成朵朵梅花，整整九十九朵。

不远处便是秋日的山峦、土塬、崖坎、干河、稀落的枯松、零星的破屋、断断续续的青石阶。

天似穹庐，人是阳关道上渺小、微不足道的一个黑点。天与地在大漠上释放自己，不给人立足之地。独自承受天、地的夹击，需要真正的勇气。

杨三垂下头，默默地告诫自己：爱过，虽然已经失去，我最起码要做到，当她想起往昔时，没有仇，没有怨，没有鄙夷，没有不屑；我至少要做到，当她想起过去的时光，嘴角有微微的笑吧。

杨三看到她离去的背影，那是爱情的背影，美丽而沉重。

绑　　架

厂里来电话，说是经过研究，已经决定录用他了，但必须两天内就过来报到上班。

夏晓哎哎地应承着。

放下电话，夏晓心里有股情绪在涌动，也说不清是高兴还是难过。

好歹算是找到个工作了，远是远点儿，但比起那些如今还在人才市场上东跑西颠忙着递简历的同学，自己已是非常幸运的了。进入大四，哪天是安生过的？去年10月开始的校园宣讲会热闹了两个月后偃旗息鼓，校园里不见了各大公司的你来我往，学生们就只好自己跑人才市场了。

想起那地方，夏晓至今还心有余悸。人才市场的停车场里，横七竖八停着各处来的自行车、电动车，门口排队的大都是新毕业的大学生，把门口塞得很满。厚厚的履历表用各色的夹子夹着，一捆一捆的，填没了这只手和那只手之间的空隙。早晨的太阳光从整洁的玻璃天棚斜射下来，光柱子落在柜台外面晃动着的人群身上。找工作难啊！履历表送过去，人家说不定看都不看转过身就当废纸扔掉了。有个新闻不是报道过了嘛，每次人才招聘过后，清洁工都可以卖掉大堆大堆的废纸，其中多是些看都未看的求职学生印制精美的履历。

父亲说，这两天就要走吗？还是我送你过去？

夏晓咬了咬嘴唇说，爸，我自己去就成了，又不是第一次出远门。

是啊，都已经二十二岁的大学毕业生了，还要父亲送，要叫别人知道了那还不笑掉大牙吗？

夏晓有些疲倦地上了火车，刚将大提箱安顿好，火车就晃了几下，缓缓驶出了站台。

这是一列普快客车。沿着这条线一直向南，就能够将夏晓载到一个陌生的小城，那个他即将为之服务的工厂的所在地。

深夜的火车站依然灯火通明，但白天那种人头攒动、拥挤不堪的景象则荡然无存了，偶尔有一阵喧哗，那是行色匆匆的旅客急忙上下着，更多的时候月台显得非常冷清。透过朦胧的车窗玻璃，夏晓只能看到站台上来回走动的十多个车站工作人员和铁路警察。

夏晓坐回位子上，环顾了一下四周，整个车厢里就只有二十来个人，他心里有些惨淡地笑了一下，看来还真的是个小城，去的人都不多，自己还从未坐过如此人少的火车呢！想想以前去学校还有从学校回家，哪次不像打仗冲锋的架势。甚至有几次，在厕所旁或座位下铺张废报纸，还有在行李架上都睡过呢！现在好了，毕业了，再也不用过或者说再也过不上那种学生时代无忧无虑的生活了。

夏晓看了看表，已经快凌晨一点了。火车正加足马力朝南方疾驰着，窗玻璃上残存的城市灯火早已被荒野无边的夜色所取代。

车厢里不时有旅客走来走去，或者是上厕所，或者是站起身到行李架上去取东西。夏晓想闭上眼休息一下，但怎么也睡不着，脑子里满是毕业分手时大家伙儿那带着凄楚的神情。不久，他发现还有一个麻烦来了，就是肚子开始有点儿咕咕地叫唤起来。糟了，忘带点儿东西在车上吃了，饿着可不是件好受的事情。

车灯亮起来的时候，夏晓起身朝车门外走去。这是一个小站，而且都已经凌晨两点多了，但外面站台旁居然还有个小贩在卖小吃。夏晓心想，生活也真不容易啊。不知为何，大学刚毕业，心境就是两重天，夏晓自己也不知道怎么就感叹起人生来了。他又看到小摊后面不远处有条大红字标语，灯光下还很清晰：严禁触摸电线，五万伏高压，一触即死，违者法办！

真绝！夏晓禁不住笑起来。

要了两包小食品，外加一瓶啤酒，夏晓递过一张二十元的人民币。小贩在口袋里摸索来摸索去，磨了老半天，才喃喃地说，我没零钱找你了，要不就别找了，给你一本新杂志吧，在车上难消磨时间，一夜的路，慢慢看吧。

夏晓本不想要那本杂志，但饿着又不得不找点儿东西填一下肚子。正犹豫间，火车晃晃悠悠地准备开了，小贩不由分说地把东西和杂志塞到了他怀里。

夏晓无奈地晃了晃脑袋。

回到座位时，夏晓发现自己的对面多了位少妇模样的女子。咦，刚刚还没人的，一下子却冒出个女人来，看来平淡的旅途要多点儿颜色了，可惜不是位女孩子。夏晓心里坏笑了一下。

低头整理提包的女人抬起头来，冲他笑了笑，夏晓便也朝她尴尬地笑了笑。

这是一个穿着有些花哨的少妇，虽然身材有些矮小，长得谈不上漂亮，但却有种别样的风情。

夏晓还想再看女子两眼，但他还是忍住了，他知道那是不太礼貌的事情，会让对方难堪的。于是他便趁车灯还没关，低头翻看小贩当作散钱找回给他的那本杂志。让他大吃一惊的是，翻开第一页就是一幅特大特清晰的女人的裸体！天！这是什么杂志？夏晓不由自主地嘟哝了一句。

“我看看好吗？”更让他意想不到的是，对面的女子竟然向他伸出了一只纤细的手。

还没等他反应过来，那女子已经将他手中的杂志拿过去仔细地看了起来。

夏晓的脸顿时红了，红得不成样子。

“我、我也不知道这是本裸体写真集，哦不，是人体艺术杂志！”

她似乎感觉到了他的窘迫：“这有什么啊？大自然创造的是什么，不就是艺术吗？大自然同样也创造了人，创造了世间最美的人体，如果人体美不是艺术，那我们又把什么当成艺术呢？”

见她没在意，夏晓心里才稍微轻松了些。不过对她说的这些，夏晓真的不知道如何去回答，他突然很后悔，当初自己为什么不去学文科呢？

低头看杂志的她仍旧在自顾自地说下去：“其实，人体艺术是人体美学，展示的是生命的力量、柔美与大自然、社会环境和谐生存的状态。人体艺术包括绘画、人体雕塑、人体彩绘、人体摄影等。人体摄影仅是其中的一种。健康的人体摄影不仅可以传达和礼赞身姿的形美、力量，也能通过不同环境中的人体肢体语言、情绪等去发现并探索人与自然、社会乃至宇宙的关系，进而认识并阐发人的心灵、人的价值和生命的尊严。不过——”

她的眉头皱了起来：“过多的裸体摄影让人感到艺术失去了原本的魅力，艺术的内涵趋向于庸俗化，就像这本杂志的这些所谓摄影作品，除了裸露还是裸露，其中的艺术体现在何处？真希望有人管一管一些变了味儿的裸体摄影，让艺术回归本来的面目，让人体艺术给人留下一个美好的印象。”

夏晓觉得自己只有张大嘴巴洗耳恭听的份儿。

“你大学念的是艺术系吗？”

“不是，我学的是会计专业。但我对这些方面有兴趣，业余旁听过一些课程。哎，你怎么知道我上过大学？”

“呵呵，一听就听出来了嘛，这么有水平的话。到这小地方来探亲吗？”

不知为何，她的语气突然变得冷冰冰的：“我来看我妈。”

车灯黑了。

女子不再说话。夏晓也知趣地不敢再找话题了，就靠在座椅上，很快便迷糊了过去。

在南方，当地人把在车站外拉客然后宰客的称作“野马”。当然，这是在这里生活了一段时间后夏晓才清楚的。

夏晓和女子一下火车，便被“野马”盯上了。

当看见女子跟夏晓客套地说过再见扬长而去后，“野马”马上凑了过来。“野马”一眼就看出他不是本地的，举目无亲，估摸应该是来旅游的。

“住旅店吗，先生住旅店吗？我们的旅店就在不远处，有面包车直接过去的，旅店干净又便宜，二十四小时有热水，先生住吧住吧！”

夏晓本不想搭理他，但“野马”就像一只苍蝇一样叮着不放，虽然让人讨厌却又无可奈何。转念一想，一夜的火车，人已经很疲惫了，精神状态不好，到厂里报到给人的第一印象也不会好，既然那么便宜，休息一个上午也未尝不可。他一犹豫，阅人无数的“野马”便知道鱼快要上钩了，于是更加唾沫横飞地劝说着，终于把夏晓劝上了那辆破旧不堪的面包车。

车在胡同里左拐右拐，终于在一家挂了块“宏运旅社”的房子前停了下来。夏晓下车一看就知道上当了，但初到此地，人生地不熟的，心中清楚但也奈何不得。他问“野马”：“我就要个钟点房休息一两个小时，多少钱？”

“一百元钱。”

虽然有心理准备，夏晓还是吃了一惊：“这种地方，这么贵？都差不多赶上星级宾馆了！你们宰人啊！”

“你可说好听一点儿，谁宰你了？你嫌贵不要也可以啊！”

闻言夏晓拿上大提箱就想走。

“野马”立刻挡在了他面前：“慢着，走可以，先付车费！”

“多少？”

“六十元！”

“抢钱啊你？”望着矮小精瘦的“野马”，夏晓不由自主地握紧了拳头。在大学里，自己可是校龙舟队的主力成员，还代表省里参加过全国少数民族运动会呢，就这瘦猴巴叽的样儿，打你还打不过？

正僵持间，夏晓眼角瞥见旅社里有三个汉子围了过来，他明白，今天挨宰是定数了，咳，好汉不吃眼前亏吧，算是花钱消灾吧。

等夏晓好不容易从巷子里钻出来找到公共汽车站时，时间已经过去一个多小时了。南方的天气又闷热，当上了 12 路公共汽车，他的全身都被汗湿透了。工厂在市郊，这路公共汽车的最后一个站。

下车一看，一个巨大漂亮的厂门，再望望宽阔的厂房，夏晓心里算是一块石头落了地：确实有点儿气魄，应该是个有发展前途的厂子。刚才被宰的郁闷马上释放了出来，心头感觉快意多了。

在几个工人的指点下，夏晓好不容易才找到了厂办大楼。

厂长办公室的装潢很养眼，大理石地面、刻花玻璃隔离墙，面积也很大，坐北朝南，足足有一百平方米，太阳温暖地照射在室内的绿叶盆景上，极富生机，两棵“发财树”散发着绿油油的光泽，更给整个办公室增添了一种无法言说的活力。

只有一个人在办公室外间的电脑前埋头打着材料，抬眼看去，是个女的。她听见有人进来了，也还是头也不抬地敲着键盘。

夏晓不敢冒昧，怔在那里有些不知所措。

“你是不是来报到的？”过了一会儿，女子突然问。

夏晓唔了一声。

“你叫夏晓？”女子又问。

夏晓点点头。

女子的语气里忽然带出了一丝怒气：“你知不知道你是最后一个来报到的？为什么这么迟？”

她的口气令夏晓很不快。夏晓心说，你牛什么牛啊，我又没过报到的最后时间，再说了，又不是与你约会，犯得着紧赶慢赶的吗？

“你过来。”女子的声音显得有点儿不容置疑。夏晓只得怏怏地走过去。

“是你？”女子一抬头，夏晓和她几乎同时惊了一下。

她的嘴角露出了一丝笑意，但马上便消失了，不过语气却不再是冷冰冰的了：“那么远乘火车过来，累了吧？我安排人带你到宿舍先休息一下。”

她按了几下电话号码，立刻就有一个年轻人从隔壁办公室过来。她做了一下介绍，并让这个姓罗的年轻人带着去宿舍，随后又对夏晓说：“还缺什么，你就直接和小罗讲。”说完，又埋头在电脑前了。

夏晓拿起行李，跟着小罗出去，到门口时想回头跟她打个招呼，见她这个样子，就把到口边的话生生咽下去了。他悄悄问小罗：“她是谁啊？”

小罗瞥了他一眼：“她没告诉你？肖苹，我们这儿的厂长助理。一般事情都是由她安排。我刚才看你好像跟她有些熟悉嘛。哦，以后你们接触可能就多了，你住的地方就在她房间的左边。”

夏晓不作声。夏晓心中暗道，一起乘了一晚上的火车，能算熟悉吗？不过这也是缘分吧，有这个开始以后大家都好相处些。

来厂有一段时间了，虽然属于招聘来的人才不用下车间，但周围的人和事夏晓已经渐渐熟络，对肖苹他也听别的同事说起过一些，当然说得最多的要数他们办公室的主任老朱了。老朱其实不算老，还不到四十岁呢，人也长得魁梧，但就是爱对别人说三道四，性格有点儿像小女人似的。

从他的嘴里夏晓知道了，肖苹今年三十四岁，是一个七岁孩子的母亲，但早些年已经离异，孩子由前夫抚养着。她的父亲早些年因病去世了，母亲前年改嫁到远方的一个小县城，在市里留给她一套房子，不过只要不是周末，平时一般她都住在厂里。肖苹从感情上似乎不是很接受母亲的行为，但还是一年去探望母亲一两次。听到这里，夏晓忽然想起了那晚在火车上肖苹提到来看母亲后的神态，心里对她那时突然的冷漠有了一丝的理解和同情。

因为都是单身，生活又枯燥，而且住房只有一墙之隔，所以茶余饭后夏晓和肖苹互相串串门、聊聊天是常有的事。渐渐地，两人开始无话不谈。

夏晓觉得，生活中的肖苹性格活泼，待人热情。他还清晰地记得当时在火车上见到她时的第一印象：长得谈不上漂亮，但却有种别样的风情。现在他还有了特别的感受——她的那双眼睛，让他每次一看都有种心动的感觉。

这天吃过晚饭，也没见肖苹，夏晓就独自出厂去晃了一圈。厂外不远处有一条终日流淌的小河，河岸边有棵刚进入秋天的小枯树，在夜风中轻轻摇曳着，飘散着落叶前最后的芬芳。夏晓孤独的时候，经常到这里来走走。

回来时，天已经黑透了，肖苹房间的灯也亮了。

夏晓的脚不由自主地就迈了进去。

见夏晓到来，肖苹就叫了一声："你到哪儿去了，等得我们好烦啊！"

夏晓一看，哟，还有老朱和另一个同事也在呢。肖苹忙说："快，快，三缺一，就差你了！"

夏晓知道，打牌是肖苹最大的业余爱好。

打牌吃水果，吵吵嚷嚷的，约到深夜十一点钟时，大伙才散了。

夏晓躺在床上，不知为何，怎么也睡不着。

轻轻的敲门声。听得出，敲门的人犹犹豫豫的。

夏晓开门，见是肖苹。

肖苹搓搓手，有些不好意思地说："我想上厕所，但天这么黑，又这么晚了，我一个人不敢去，你能陪我去一下吗？"

宿舍离厕所挺远的，路又很窄，一边是围墙，一边是树林，还要跨过一条水沟，恰好这两天路灯又坏了，确实挺吓人的。

夏晓在前面引路，时时提醒肖苹小心。过水沟时，夏晓下意识地把手伸给她。握着肖苹的手，夏晓的心一阵激动。

也许是过于激动的缘故吧，接下来就是"哎哟"一声，夏晓猛地歪倒在一边。

肖苹一时吓坏了，还以为出了什么大事，缓了神定睛看去，才发现夏晓不偏不倚恰好踩在一块不算大的圆石头上，估计是把脚给崴了。

瘦小的她将夏晓扶回房间，已经是气喘吁吁。

在灯下仔细一瞧，开始还以为没什么大不了的，结果外脚踝都肿得有鹅蛋大了。

肖苹挽起袖子，先帮他使劲揉搓疼痛的地方，接着打来热水，又帮他把袜子脱下，然后强行将他的脚摁进水里，说是活血消肿，洗完后又搀起他，让他强忍着疼痛在房间里走圈、活动，说为的是别存住筋。

折腾了好一阵子，夏晓才一拐一拐地回到自己的宿舍，重新躺在床上，还是怎么也睡不着，脑子里老是浮现出牵着肖苹的手的那段情形。

一直过了不知多久，他才迷糊睡去。

迷糊中，门砰砰地响了。哦，天已经大亮了！想起来开门，夏晓却发现脚疼得钻心。

他忍着痛打开门，迎面是肖苹焦急的面孔："糟了糟了，我今天一大早就起来翻出以前看过的家庭医生杂志，发现我们昨晚那样处置崴伤的脚是错的。书上说如果受伤后立即使劲揉搓，热敷洗烫，强迫活动，势必会在揉散一部分瘀血的同时加速出血和渗液，甚至加重血管的破裂，以致形成更大的血肿，使受伤部位肿上加肿、痛上加痛！我看看你的脚！妈呀，真变这样了！"

班是上不了啦，请假几天。

细心的肖苹买来熬药的罐子，又到一个中医那里买来五虎丹、活血止痛散等，帮他外敷，每天还用一小撮花椒、一小把盐煮水熏洗，熬草药帮他清洗。在她细致入微的照料下，夏晓本来就不太重的伤几天后就痊愈了。

夏晓说："谢谢你的照料了，我请你吃个饭，行不？"

肖苹瞥了他一眼："就你那点儿工资，想请我吃什么？"

夏晓想了想："请你吃啤酒鱼吧，你们这里最有特色的名菜，我来这么久了可都还没有尝过呢。"

吃啤酒鱼不需要到多高级的饭店，其实大排档的味道要比所谓的大饭店好多了，价格也不贵，那些动辄讲大排场的人不知失去了多少美味的享受，要不怎么说吃在民间呢！

沿江街的大排档一家接着一家，从晚上六七点钟就摆开了阵势，一眼望去，全是密密麻麻的人在埋着头大快朵颐。晚风吹来阵阵香味，人们吆五喝六地招呼着朋友，在夜色中拥坐下来，流动的光影仿佛岁月的潮汐，一遍遍清洗着大排档档主和食客身上的尘埃。

夏晓和肖苹在小板凳上坐下来。

"老板，来条啤酒鱼，要鲤鱼。"

"好咧，再来点儿什么？"

"那就加个汤吧，南瓜龙汤。"肖苹不假思索地说。

老板就从后面的水池里用小网捞上一条活蹦乱跳的鲤鱼，用杆秤随便称了一下，然后将鱼摔在地上，鱼一下就昏了过去。老板剖鱼，把鱼放进油锅，先是听到嗞的一声响，马上就平静了，再扔姜葱蒜，稍微炸了一会儿，又放了些作料，然后从冰箱里弄出瓶啤酒，咕咚咕咚一气倒了大半瓶下去，才把锅盖盖上。

啤酒鱼端上来了，盛在一个大大的搪瓷盘里，鱼身上还淋了些西红柿汁，撒了一点儿葱花，红红绿绿的煞是好看。

夏晓吞了吞口水："这就是传说中的啤酒鱼了？"也未待话音落下便一筷子下去。

肖苹吃鱼的样子很斯文，她用手缓缓地把刺一根一根地从嘴边慢慢取出来，然后放在桌子上，夏晓的吃相就差远了，他总是夹起一大块鱼塞进嘴里，然后吐出一团乱七八糟的东西。

夏晓问："你经常吃啤酒鱼吗？真有福气。"

越吃越好吃，他已经被啤酒鱼深深吸引住了。

肖苹随口说："你以后也可以经常来吃啊。"

夏晓停下筷子，认真地看着肖苹："那好，你要陪我来。"

有一种有些粗俗的说法，一个男人爱上某个女人，便会不由自主地在她的面前重视自己的仪态，展示自己的风度，表现自己的才能，努力地使自己超群脱俗，成为鸡群中的仙鹤，夏晓发觉自己在肖苹面前便是如此，特别是每个傍晚在球场上飞奔的时候，只要她在旁边，就仿佛有使不完的劲，投球出手就如同小李飞刀。

夏晓不知多少次地在深夜的黑暗中问自己：我爱上她了？我爱上这个比自己大了十二岁、离过婚、有个小孩儿的女人了？

还没等他想明白过来，参加工作的第一个十一长假就来临了。

和其他人一样，夏晓收拾东西，离厂，回家。

走的时候他没有见到肖苹，她前两天出差了。

乘火车回到家里，夏晓彻底放松了，觉得该像当年大学放寒暑假那样好好享受享受家的温馨。

第二天睡了个大懒觉，起来又没啥事，便上街去溜达溜达。街上川流不息，比往日拥挤了许多，夏晓知道，这大多数的人都是怀着放松身心的初衷加入逛街的队伍中的。

夏晓晃悠着不觉就来到了市里最大的公共广场纳爱斯健身广场，这里正在举行啤酒促销娱乐活动，人群熙熙攘攘，厂商们正为本市居民打造着一场啤酒盛宴。夏晓站着瞧了一会儿，感觉却是索然无味，心里似乎总是在隐隐约约牵挂着什么。

果然，刚进家门，就听妈妈唠叨着说，不久前有个女子打电话来找你，说是你的同事，问叫什么名字也不说，有什么事也不说，只是让你回来后回个电话，号码又说是你知道的……

夏晓心中暗笑：当然是知道的啦。

当晚，在父母亲有点儿异样的目光中，夏晓离开了刚回一天的家。他对父母说，是厂里有急事让他赶回去。

一条香江环绕了这大半个城市，而南方现存规模最大、历史最悠久、气势最宏伟、保存最完整的文庙就坐落在江边的拐弯处。文庙又称作孔庙，是纪念孔子的庙宇。夜晚的香江，水色秀美，而文庙金黄色的琉璃瓦、红色的墙面，在墨绿色树木的映衬之下，一片金碧辉煌，悠闲的人们在文庙大殿灯光的氤氲气流中，感知着昔日孔老夫子的古老情韵。

夏晓回来后压根儿就没有到厂里去，此刻他和肖苹散步到了这里。

文庙旁边是这座不算大的南方城市的一条沉淀了古风遗址，同时又积聚了现代文明的商业步行街，具有典型的南方典雅秀丽的气质底蕴，保留一巷一弄的格局，很多时尚建筑也都模仿了明清建筑的构造，一排青楼，黄瓦朱柱，古典而气派，而古朴造型的街灯在初秋的夜色中，忽明忽灭，带着些许寂寞和温暖。

夏晓和肖苹却没有走进热闹的大街。

肖苹很快地从一个角落拐往江边，而夏晓则很默契地跟着她来到一座已经废弃了的古老的石板桥旁。看来肖苹很熟悉这里的地形。

斜依在桥的栏杆上，看不清水面，然而却能感觉到它的淡泊与幽深；空旷寂静的江面，那水流的声响便显得如此好听，悠然中还带着回音。望着天空中的一弯明月，夏晓有种莫名的感伤情绪，这种情绪的蔓延不知道是否和这条清瘦的江有关。好在，他的身边有肖苹，他现在已经觉得，只要有肖苹在一旁，不论在何处都是到了自己的温柔之乡。

“我可以抱你吗？”

肖苹不作声，但头发却在夜风中散乱了，目光中有一种成熟女性的柔顺。

夏晓鼓起勇气，双手紧紧抱住她的肩。他感觉到肖苹就势搂紧了他，脸紧紧靠在了他的胸前。也许是因为穿着过于宽松的衣服，她胸罩的肩带已经跑了出来，夜色中，她的眸子闪烁着动人的光芒。夏晓的呼吸急促了。

肖苹的眼睛闭起来了，嘴角挂着一些笑容，脸是红彤彤的。夏晓脑子里一片空白，他不知道下一步要干什么，甚至都不知道自己想干什么，他只知道很快乐，很兴奋……也不清楚过了多久，他颤抖着用自己的唇，压在了她的双唇上。好温软的唇啊，他感觉自己已经无法呼吸了。

她的头仰着。

夏晓觉得自己太幸福了，柔情似水的她斜靠了过来，将自己丰满的胸膛压在他的身上。接下来是一次又一次的热吻，他搂住她的脖子，就在两人微张的嘴唇间，如跳舞般的舌头不顾一切地彼此缠绵着。

许多诗人和作家都描写过亲吻的美妙。莎士比亚说，亲吻是爱的封印；古罗马诗人说，亲吻是夏季开满鲜花的草场，是姑娘双手温暖的琥珀，是吸引蜂蝶的花束。但是夏晓觉得，所有的这些描述都过于文学化，流于抽象，都无法准确表达他真实的感受。

“我们回去吧。”肖苹突然说。

在城内一条偏僻巷子的三楼，就是肖苹那间宽敞的房子。

肖苹拧开床头灯，发出的是橘黄色的灯光。夏晓喜欢这种颜色的灯光，它让他觉得舒适、自然和温暖。肖苹接着又打开了音响，瞬间整个空气里都流动着缓缓的爵士乐。

橘黄色的灯光中，肖苹单纽扣的胸罩扑进了夏晓的目光里。不放过每寸肌肤，他用舌尖慢慢地勾画着她软绵绵隆起处的曲线。她的肌肤有点儿咸，但是混杂了她少妇特有的乳香味后，反而变成了格外迷人的味道。就在衣服一步步滑下裸露出她的肌肤时，低低的呻吟也自她的口中传出，她的手自动地将那富有弹性的胸罩拉到一边，两人的身体几乎是立刻纠缠在了一起。在带有凉意的深夜里，湿润的皮肤变得相当敏感，而就在她轻咬夏晓的后颈时，他就像被电击了一样，身体猛烈地震荡了一下，一股灼热的液体不受控制地喷射而出。

夏晓有些不知所措，他幻想着这一时刻能持久些。

肖苹无言，欲望在身体燃烧着，有着说不出的难受，而此刻的夏晓就像被温暖的海水浸泡一般懒洋洋地不想动弹。很多人说，爱是做出来的，对于有过性经验的人，这样的话不难理解；对于没有过性经验的人，这样的话其实也不难理解，但夏晓当时却没在意。

良久，肖苹起来，裸着身子默默地去了洗手间。

出来后，她的神态恢复了正常。她打开衣橱，夏晓还以为她是要换一件内衣，但没想到的是，肖苹却拿出了一件崭新雪白的男衬衫。

“试试合不合身。给你买的。”她微笑着说。

可是她很快又冷下了面孔：“你不能把我们的关系告诉任何人！”

夏晓从她的眼睛里看到了认真。

又是一个无所事事的夜晚，牌局照例在肖苹的房间里进行着。

连赢了几把的老朱有些得意扬扬，嚷嚷道：“看你们输得无精打采的，说个笑话给你们提提神。说是某美女决定花重金美容，花了几万元后，她觉得非常满意。回家路上，在报摊买份报纸，找钱的时候她问老板：‘不好意思，你猜我几岁？’老板说：‘二十二。’她好高兴：‘三十四啦！’接着，她去麦当劳，问柜台的小姐同样的问题。小姐说：‘我猜二十一。’她兴高采烈：‘三十四,谢谢！’等公交车的时候，她又问旁边的老头。老头说：‘我七十六岁了，眼睛不好看不出来，不过，如果你让我把手伸进你的乳罩，我绝对可以知道你的年纪！’许久无声。大街空旷无一人，她终于忍不住好奇：‘好吧！你试试看。’老头把手伸入她的衬衫，又伸进她的乳罩,开始缓慢而仔细地摸索。几分钟以后,她说：‘好了！你猜我几岁？’老头又捏了最后一下，把手拿出来，说：‘女士，你三十四岁。’美女大吃一惊，惊讶地问：‘好厉害！你怎么知道？’老头说：‘保证不生气？’美女说：‘不生气！’半晌,老头才喃喃地说：‘刚才在麦当劳,我就排你后面……’”

大伙笑得左摇右晃，夏晓也是忍俊不禁。

肖苹却怒气冲冲地把手中的牌一摔，凶巴巴地说：“笑什么笑，这么低俗有什么好笑的！”

大伙一下都愣住了。

肖苹似乎也感觉到自己有些过火了，一阵尴尬后忽然露出笑靥：“我也给你们讲个笑话吧，不过我这个可是真人真事，还是夏晓告诉我的呢！前阵子咱们厂不是组织了一些休假的男工到阳朔旅游吗？老朱自认为长得很帅，也想利用这个机会开开荤。他听说西街的酒吧是天上人间，到处是风光无限，就拉着夏晓去了。第一天的酒吧里，除了墙上的广告里有个女性，其他在场的都是胡子拉碴的；第二天换了酒吧，女的明显多了，还有冲他笑的，只可惜老朱的英文太差，只能一个劲儿自顾自地喝酒、傻乐；第三天还留在那个酒吧，那些洋妹妹为了我们老朱该是恶补了一夜中文吧，没想到盼来了一个洋妹夫；第四天原本他都想放弃了，却不料天降大雨，让他和夏晓不得不又去了酒吧。”

到这里，肖苹卖了个关子。夏晓想用眼神止住她，她却装作没瞧见，继续说了下去：

“当老朱正为这个夜晚又即将荒废而懊恼不已的时候，一个惊为天人的美女出现在了酒吧一角，一头披肩长发，一支没点燃的香烟，而且邻座全是空的。老朱暗自流口水，发现这位小妹也正对他行着注目礼。就这样，两人你看我，我看你，四目交流着。忽然小妹向他打了个手势，伸出了五个手指头。老朱的心里顿时一冷，以经验分析，自己心中的‘天人’在人间应该是个小姐。老朱觉得本来想艳遇却变成这样去‘买春’，内心多有不甘，但又想起一连三晚的无功而返，于是终于认定天下没有免费的艳遇。看到小妹素质确实不错，但翻翻钱包的钱，于是老朱坚决地伸出三个手指头。小妹愣了一下，又迟疑地点了点头。之后，在夏晓的目送下，他俩一前一后去了老朱的房间。过程的美妙我们就不再细叙了。老朱一睁眼已是第二天一早，摸摸床边猛然发现小妹不见了，他本能地摸出了裤兜里的钱包，发现一切都在，长出了一口气后起身呼唤小妹，她却早已没了踪影。老朱于是怅然地点起一支烟，反复地理解五个手指的含义，当他想弹烟灰抓起烟灰缸时，听见了纸片落在地上的声音，赶紧低头，却发现地上多了三百元钱。”

这下大伙又笑开了，只有老朱的脸绷得紧紧的，时不时还翻着白眼恶狠狠地盯着夏晓。夏晓心中暗暗叫苦：肖苹啊肖苹，我算是知道你的厉害了，可你这样也把我给害惨了！

牌再打下去没什么意思了，外面忽然又下起了雨，大伙儿很快便散了。

夏晓问肖苹：“你怎么要这样说老朱啊？”

肖苹说：“你没听见他先讽刺的我吗？”

夏晓说：“人家又不是故意说你，巧合而已嘛！说三十四岁就一定是你吗？你有必要大发雷霆和那样挖苦老朱吗？你这样让我以后怎么跟他相处？”

肖苹没说话。

肖苹冷冷地看着他。

夏晓不敢再说了，他咽了口唾沫，慢慢地将头转开。

过了许久，肖苹开口了：“我的发夹怎么不见了？是不是打牌前出去的时候掉门外了？你去帮我找找。”

外面的雨下得正大，房间里又没有雨伞。夏晓犹豫了一下，还是一咬牙冲进了雨幕里，借着路灯的微光认真地找着。

一会儿，只听肖苹在里面叫：“夏晓别找了，在这里呢，我寻见了！”

落汤鸡般的夏晓站在肖苹面前。秋天的夜雨淋在身上确实很冷，夏晓一阵哆嗦。

肖苹没作声，只是默默地用干毛巾替他擦着脸上、头发上的雨水。

夏晓闭着眼，任由她擦着。

当他睁开眼睛时，他看见肖苹的脸上满是泪水。他一时手足无措，只听见肖苹说：“你今晚就别回去了……”

闹钟响了。

夏晓嘟哝了一句，翻身又睡过去。

他再次醒过来，不是被闹钟吵醒的，而是一种奇异的声响：肖苹把一个铁饭盆敲在床头他的耳边！

“你还不快起来回你的房间！都早晨五点了，等下食堂的工友就要起来了，你想被他们发现吗？是不是要闹到整个厂子都风言风语的你才舒服？”她说话的声音压得很低，但还是听得出她的不耐烦和严厉。

回到自己的房间，夏晓再也没睡着。

灯兀自亮着，天地依然静悄悄的。

他平躺在床上，双手交叉支在脑袋下面，无聊地盯着房顶天花板被雨水渗出的一大片水渍，不知不觉中，居然有一颗硕大的泪水滑过腮帮，落到了枕头上。

他记得，昨天晚上，开始时他没有要求，她也没有提。夏晓并不想他们之间的关系变得过于复杂，他想简单，除了爱还是爱的那种，他喜欢这种简单，简单得没有杂质，自然纯朴。其实刚从学校出来不久的夏晓也根本不懂得如何进一步复杂化。看着她躺在自己身边，他的心就非常非常温暖。

她伏在他身上像小女孩儿似的捶捶他的胸膛，听听他的心跳，嘴里数着数儿，而他只是摸摸她的肩膀和头发。他觉得她身上的香味就像五月的杜鹃花一样在房间里弥漫。但是，随着肖苹飞快地将自己的睡衣脱掉袒露出熟透了的身体，随着她的手娴熟地抚摩，夏晓终于无法克制地崩溃了。他很懊恼，懊恼自己的无能，他不敢看肖苹，他知道她此刻的脸上肯定写满无法抑制的失望……

还在胡思乱想之际，上班时间到了。而肖苹也没有像往常一样来叫他。

愣着神的夏晓刚走出门口，迎面走来了厂里的后勤主任。

他笑眯眯地叫住夏晓：“小夏，我们在南边已经腾出了一个带厅的空房，厂长说要先解决你这样的人才，怎么样，中午就搬过去？”

夏晓黑着脸说：“搬什么搬？谁说要搬了？”

后勤主任一脸诧异：“这是好事啊，别人想要还得不到呢！”

夏晓没好气地吼道：“我不管，谁想搬谁搬去！”

然后撇下一头雾水的后勤主任，自顾自地走了。

进了办公室，老朱冷冰冰地对他说：“夏晓，我以前还不知道你小子是这样的人，全靠肖苹的嘴巴快，否则今后什么时候被你卖了都不知道哇！”

夏晓闷头坐到自己的办公桌前：“对不起老朱，我真的不是故意的。”

老朱摆摆手：“算了，你无情我可不会对你无义。我再讲个笑话给你提个醒：某领导和女秘书发生了不轨行为，为了不断送仕途，决定将女秘书指婚给部下。新婚之夜，女秘书出于内疚，主动将和领导的风流韵事告诉给了新郎。新郎立即起身下床，猛地掰开新娘的双腿，然后双脚立正，啪地行了个礼，嘴里说道：向首长战斗过的地方敬礼！”

夏晓不明白：“你这是什么意思？”

老朱踱过来拍拍他的肩膀：“你不明白就算了，但愿你别当这个官儿，呵呵。给你个美差，中午去趟昆明，喏，机票在这儿，等一下马上搭车去机场。”

到了机场，夏晓站在可视大屏幕前，习惯性地仰起头，看了看屏显后，到指定的值机柜台办理了乘机手续，随后进入隔离区，靠在休息大厅的彩色座椅上，等候定点航班的到来。离登机还有半个钟头，夏晓一时拿不定主意，是否要在登机前给肖苹打个电话。

犹豫了半晌，夏晓还是打开刚买不久的新手机，拨通了肖苹的手机号码。

信号接通后，清脆地响了几声音铃，随即就不可思议地被挂断了。

夏晓越发闷闷不乐，握着手机呆呆地窝在座椅里，百无聊赖地透过隔离区休息大厅的可视落地玻璃，远远地看客机的起飞和降落。

看了一阵子，夏晓微闭双眼。机场广播通知旅客登机，夏晓匆忙关闭了手机，站起身子，朝登机安检口走去。

飞机升入蓝天的瞬间，夏晓觉得自己的身子很沉重，思想仿佛也成了一个空洞的躯壳。

许久，他在无意识中将目光朝舱外投去，飞机正在如棉的云层里穿行，像驮载着一个美丽的梦幻，有一种超然的静谧。夏晓忽然有些豁然开朗的感觉，他想，我也应该有这样的心境才对啊。

夏晓下午就到了昆明。

虽然是第一次到昆明，但夏晓早就从书上知道这里气候温和，夏无酷暑，冬无严寒，四季如春，气候宜人，是极负盛名的春城，今日得见，果然如此。

夏晓一时也忘了肖苹带来的不快，办完公事已经是傍晚了，匆匆吃过晚饭就在市里闲逛了一下。

“城南双塔高嵯峨，城北千山如涌波。”这是明初史谨描写昆明景色的两句诗，不过夏晓毕竟不是来旅游的，夜景优美的翠湖公园里，一对对悠闲但又情意绵绵的情侣又勾起了他对肖苹的想念。

他拿出手机，再一次拨通了肖苹的号码，但再一次让他失望：接通不久又被挂断了！

可能是她临时有事没接吧，夏晓自我安慰道。过了几分钟后重拨过去，结果同刚才一样，还是被挂断。他不甘心，再拨的时候，手机里倒是传出了应答声：“您拨叫的用户已关机……”

夏晓的心情于是再也无法好转过来。他也不再想去什么湖心亭和观鱼楼了，耷拉着脑袋回到宾馆，匆匆洗过澡便上了床。

机票是往返的。第二天走之前夏晓还是无法克制地想着肖苹，他想既然到了昆明，说什么都得带点儿东西回去给她吧。

带什么呢？土特产，太俗……夏晓绞尽脑汁，实在想不出带什么好。抓了好久的脑袋，他突然想起以前小学语文课本里有篇课文题目叫《花海》，文中对昆明城内繁花似锦的景象做了不厌其烦的描述，语言之美毕生难忘！对啦，飞到春城买鲜花，千里迢迢送佳人，天底下还有如此浪漫的事情吗？

夏晓激动得直拍大腿，他仿佛看见了肖苹那张在美丽的鲜花映衬下妩媚的笑脸。

在这个时节捧着一大束漂亮的鲜花，从飞机到公共汽车，一路上夏晓都感觉到许多人在注视着自己，有惊诧的，但夏晓觉得更多的是一种羡慕的目光。在公交车上，甚至还有个站在旁边的中年男子意味深长地拍拍他的肩膀："小伙子，那个姑娘有福哇！"

回到厂里，夏晓连行李都没放，抱着花直接就跑到了肖苹的办公室。

肖苹正在和几个厂办的人在说着些什么。

夏晓也不在意，把大束鲜花递到肖苹手上。

肖苹一下愣住了："你、你……"

夏晓笑得很真诚："送你的，喜欢吗？"

良久，肖苹才反应过来，她愕然地瞪着夏晓，脸色忽儿红忽儿白。

喘了几下后，她凶巴巴地问："你这是什么意思？"

还没等夏晓说什么，她突然有些歇斯底里地将手里的花猛地往地上一扔，花瓣顿时散落一地，鲜艳的碎花瓣在洁净的地板砖上显得那么刺眼。

夏晓的脸猛地涨红了，他死死地盯着肖苹，一言不发。

肖苹与他对视着，恶狠狠地说："看什么看，我脸上有金子？"

夏晓慢慢地将头低下了。他不想让肖苹窥见他内心的痛苦。那一刻，夏晓的目光无比悲哀。

肖苹骂了句"有病"，也不理会垂头丧气的夏晓和尴尬不已的在场的几个人，梗着脖子走出了办公室。

夏晓也不知道自己是怎样回到宿舍的，扔下行李包，他的脑袋依然一片空白。

不远处的厂房里不断地传来机器的轰鸣声，有种刺耳的闷响。夏晓微闭着双眼，忽然自嘲地笑了起来，泪水随着笑容涌了出来。正在这时候，手机的短信提示音有节奏地响了几声。

"你是想要全厂的人都知道我们的事情吗？"是肖苹发

来的短信。

夏晓没有回复，过了三分钟后，几条短信接踵而来。

“你在错误的时间和错误的地方送了这种东西！”

“让别人知道了我们的关系对你我都没好处！”

“你太幼稚，太偏激！”

但让夏晓万万没有想到的是，最后居然是这样一条信息：

“明天是周末了，今晚你到我那里去。”

…………

夏晓喜欢隔着不大的河床看凤尾竹在风中摇摆的模样，在南方的凤尾竹身上，你感受不到北方那种寒秋的残酷，它们深藏着一个个关于春天的美丽、夏天的热烈和秋天的淡泊的记忆，却永远也不会过渡到北方冬天的那种悲凉与绝望。

人在小河边，夏晓将散淡的目光投向成片的凤尾竹林，抬头远看那一片依然翠绿的温柔，他的视线逐渐模糊起来，他知道自己要去找肖苹了。夏晓知道自己已经无法摆脱肖苹的柔情。

周末停电，这是南方的枯水季节。

肖苹点起了两支红蜡烛。

肖苹说，你昨天上飞机前打电话给我，我在给厂长办公会做会议记录，我没办法接。

肖苹说，你昨天天快黑时打电话给我，我在和老朱他们打着牌呢，我也没办法接，不能让他们知道什么啊。

肖苹说，以后我不接你的电话肯定是我不方便的时候，你也不要老打过来，等方便了我会给你打过去的。

然后，肖苹没再说两人之间的事，而是讲起了她自己。跟丈夫的离婚，对儿子无奈的放弃，母亲的改嫁，别人看笑话幸灾乐祸的心理，让她更是体味到了人情的冷酷。

肖苹娓娓道来，夏晓渐渐融入她的经历当中。肖苹讲完，已是泪流满面。夏晓心疼得很，看来肖苹外表坚强，其实内心却是非常脆弱的啊，那一刻他决心以后一定要用自己的行动来让自己所爱的这个女人感到幸福。

也许是伤心的缘故，在蜡烛微弱的光亮下，肖苹的脸色有些苍白。

夏晓于是说："你过来，我给你揉一揉肩背，放松放松。"

揉着揉着，两人就揉到了一块儿。

夜已经很深了，白色的窗帘在风的吹动中发出窸窣的声响，就在夏晓快要激动起来的时候，肖苹忽然生硬地推开了他。她不顾寒冷裸着身子走到对面的柜子前，略微翻找了一下，又倒上一杯水，然后才回来。

在她摊开的手中，是一片浅蓝色、菱形的小药片。

夏晓隐约感觉到了什么，他有点儿惴惴不安地问："这是什么东西？”

肖苹带着些不耐烦的口气说：“你别问那么多了，吃下去吧，我总不会害你吧。”

房间门早已关好，封闭的空间里滋生着情感和灵魂不断交战的欲望。床是营造自然情绪的地方。吃下药片，重新回到床上的夏晓陡然觉得自己的下肢在急速扩张，流动的血液开始往身体的上半部冲，仿佛在寻找一种平衡的支点。

于是他一个翻身把肖苹压到了自己的身体下面，一种温暖的气息一下子弥漫开来，令夏晓感觉有点儿眩晕。与此同时，他清晰地闻到了肖苹身上淡淡的成熟的女人香。在两个人无任何遮拦的紧密拥抱中，夏晓仿佛忘记了一切，没有收敛，没有终结的限制，只有他粗重的喘气声和身下肖苹低低的却又掩饰不住的快乐的呻吟声……

这次夏晓是在睡足后醒来的。

几缕阳光已经透过窗帘的缝隙钻进了房间。

肖苹伏在夏晓的胸前，说：“今天我们去放风筝吧。”

夏晓抚着她小巧的肩头答道：“冬天可不是放风筝的季节。”

肖苹皱起了眉头：“不管，我就要去！”

夏晓想也不想地说：“那好，我们去。”

肖苹笑了，不算美丽的嘴唇往上翘起来，一副很有风情的模样。

夏晓不由得又看呆了。

他们去公园放风筝。

肖苹把风筝抛向空中，可风筝很快就落到地上，她拖着风筝在枯黄的草地上飞快地跑，欢叫着，头发一上一下地舞动，让夏晓怎么也无法相信这是个三十四岁的女人，当然他也根本没认真去想过她的年龄。

他坐在旁边的石凳上，这时候看到了她的小包儿，迟疑了一下，他还是把它打开了，他看到了一个化妆盒和纸巾，然后又看到了一包避孕套和一个精美纸盒，药盒外贴有防伪标识，内有昨晚那种蓝色菱形药片，铝塑包装背面印有英文“VIAGRA”等字样。这不是“伟哥”吗？

一股力量冲上头颅，夏晓毫不犹豫地把避孕套和药盒从包里拉了出来，扔到远处的灌木丛里。

这时，肖苹跑累了，她跑到夏晓身边，把线绳交给他，让他也去放。

“让风筝飞上天吧，它能看到春天。”

夏晓一把抓住线绳，朝草地跑去。在寒冷的天气里夏晓跑得一身大汗。

放完风筝，他们坐在草地上休息。阳光暖和极了。

肖苹仰起头，用两只手遮住眼睛，她说：“夏晓你看，透过指缝，太阳是七色的。”

夏晓不说话，只是傻笑着，他在心里想：“何止太阳是七色的，如今我的生活全都是七色的！”

他的手机忽然响了。看看来电显示，是家里的。

父亲来电说，姨妈的精神病又犯了，整日疯疯癫癫的，又哭又闹，谁也拦不住。

合上手机翻盖，夏晓的心情变得十分沉重。他倒不是担心姨妈，这也不是第一次犯病了，有家人在旁边没什么可忧心的，他忧心的是自己，这是个家族遗传病，母亲的六个兄弟姐妹中有三个已经相继因精神病而去世。他在学校里就曾经私下去图书馆查过资料，知道这种病是无法治愈的，而且也可以隔代遗传。

想到这些夏晓就感到不寒而栗。

肖苹见他神色不对，就关切地问他出了什么事。

夏晓不假思索地把一切都告诉了她。

忧心忡忡的夏晓没有注意，听完后肖苹的脸色也变了。

回到厂里，在人前肖苹又是几天不大搭理夏晓，好像还有意在避着他。

夏晓也没在意，他清楚肖苹的心思，但晚上两人在一起的时候肖苹都不让他在她的房间过夜。

夏晓又在篮球场上受伤了，而且伤得还不轻，不过这次是代表厂里和别的单位比赛时受的伤。

躺在医院的病床上，厂长也来探望了他，当然还带着助理肖苹。

厂长说："小夏是为了厂里的荣誉受的伤，在本地又没亲没故的，肖助理你带一个人这几天就负责在这里看护看护吧，轮换来，一个人白天一个人晚上。"

当晚上她坐在医院病床前守护他时，夏晓非常地想握住她的手，可肖苹就是不让。

她认真地说："你别这样，这里医生和护士来来往往的，很危险，我可不想让别人看出我们的关系。"

夏晓有些激动："我不怕别人怎么说，我爱你！"

"不，你别这样，你要再这样，我马上就走！"面对着夏晓越来越炽热的爱，肖苹感觉很害怕。

看着夏晓闭着眼睛痛苦的表情，肖苹又有些于心不忍。

于是她主动地握了一下他的手，但只是一下，然后很快又放开了。

良久，她尽量放缓语气，用商量的口吻对夏晓说："我们不般配，我比你大了十二岁，又离过婚有过孩子，别人会怎样看我们说我们，你考虑过吗？何况，你的父母会怎么想？他们绝不会同意的。我们没有将来。还是我帮你找一个女朋友吧，好不好？"

夏晓眼都不睁地说："我不是为别人活的，我不会去管别人说什么，你别费心帮我找什么女朋友了，除了你我谁也不爱！"

几个晚上下来，肖苹都耐心地劝他。尽管对他说了很多，可夏晓就是那句话："除了你我谁也不爱！"

年轻人本来身体就强壮，又经常锻炼，所以夏晓很快就出院了。

出院时他没有告诉肖苹，而是径直到了她的家。他知道今天是周末，肖苹肯定在家。

肖苹正准备出去买菜，见他来了，就在门口停下来。

夏晓要和她一起去。

肖苹有些烦躁地说："不，你别去，我不想和你一起在这样的场合露面，要是遇上了熟人怎么办？和你说了那么多，你都还不明白吗？"

夏晓只好讪讪地一个人走进屋里。

此刻夕阳已经开始西下了，坐在屋角黑暗中的夏晓抱着头在沉思默想，他非常想弄清楚到底是什么在阻碍他和肖苹关系的发展。

肖苹的房间里有一个柜子平时总是锁着，夏晓猜想秘密可能就在那儿。想到这里，他下意识地朝柜子那儿望去。天哪，柜子今天居然没锁！可能是刚才肖苹拿钱买菜匆忙中忘了锁，何况她也根本没料到他今天会出院到她这儿来。

打开柜子的时候，夏晓的手有点儿颤抖。

他给自己打气：这不是不道德，我也是为她好！

柜子里的东西很少。除了一些散钱外，剩下的就是四本挺精美的日记本。

夏晓慌乱地翻阅着有些泛黄的日记本，里面记录的都是她很久以前的事情。

忽然他的心似乎一下子停止了跳动：这是什么！这本天蓝色封面的日记上不仅详细记载了肖苹离婚前后与几个男人交往偷情的经过，还有许多性生活过程的细节，而且其中的男人就有老朱，还有厂长！

夏晓再也看不下去了，仿佛天都塌了下来。他拼命地撕扯着自己的头发。

不久肖苹买菜回来，盯着脸色铁青的夏晓奇怪地问："你怎么啦？如果不舒服就再回医院去。"

夏晓不语。

过了良久，他才哑着嗓子说："我去买酒。"

肖苹原以为他去买点儿啤酒或饮料什么的，但夏晓提回的却是五十六度的米酒"桂林三花"。

肖苹说："你这是怎么了？你以前不是不喝酒吗？"

夏晓只是埋头开酒。

肖苹也不再说什么。她的酒量还可以，高度白酒灌上半斤也没有问题。夏晓觉得其实女人能喝酒是很不错的，他很欣赏女人饮酒的动作，真的有一种野性的张狂之美。

但今天夏晓是要自己喝。他倒满两玻璃杯的酒，然后一气喝了下去。

这是他平生第一次喝这么多的酒。酒下去后他的脑子一下就晕了。

他踉踉跄跄地到了柜子前，又恼又恨，把那本日记狠狠地扔到肖苹身上。

肖苹开始还不清楚怎么回事，一看到日记本，脸唰地白了，她从牙缝里挤出几个字："我们分手！你走吧！"

夏晓一下子愣住了。他只是想发泄发泄，没想到肖苹说得那么干脆。

酒精攻上了头。他一下就跪倒在地上，求着肖苹不要分手，说如果分手他就死。

肖苹冷冰冰地说："那你就去死吧！"

夏晓一头就撞在墙上。肖苹无动于衷。

夏晓接着用手狠劲地捶打墙壁，整个手打得鲜血淋漓。肖苹眼泪倏忽而下，手忙脚乱地找出棉签和胶布，替他止血。

止好血后，她忽然把他推出了门外，狠狠地把门关上了，哽咽着说："你走吧，我以后再也不愿见到你！"

夏晓低声哀求着，肖苹就是不开。

夏晓见气窗上没有铁栏，便搬了一把扔在外面的烂椅子踩着爬上去，由于用力过猛，他整个身子从气窗栽了进去，腿和腰的皮都摔破了。

肖苹心软了，找来药帮他擦。

夏晓细致地观察着肖苹的一举一动，再经过大脑的梳理放大，得出的结论似乎越来越残酷：她为什么跟自己说话总是不耐烦甚至恶狠狠的，而在别人面前却是柔声软语尽显媚态？她为什么经常不接自己的电话过后总解释说忙没空不方便，而有时遇到她却几乎都是打着手机和人在聊天，甚至有一次几个朋友一起吃饭在餐桌上还和老朱悄悄互发短信调情逗乐？她为什么明明是和厂长一起在外面接待客户，陪人喝酒唱歌玩乐却要骗自己说是在家里休息？她为什么知道人家是在玩她却依然乐此不疲，而自己如此真心爱她她却毫不在意？

在台灯下雪白的稿纸上胡乱地写着画着，夏晓觉得心情郁闷极了，他推开窗户想透透风。

就在这时，一辆摩托车从他窗前轰鸣而过，他伸出头望去，黑暗中红色尾灯下的车牌号码很显眼，是老朱的车。夏晓再看看桌面上的闹钟，指针已经划过午夜。这么晚了，这家伙还外出去干什么？

想起这几天内发生的事情，夏晓有点儿丧失兴致，心不在焉的，也没有心情再看什么专业书了。靠在床上的被子前，头脑里乱哄哄的，一会儿想着肖苹，一会儿还是想着肖苹，肖苹的影像在大脑里晃过来晃过去的，让他心烦意乱。

夏晓突然想起，白天在办公室时老朱打过电话给肖苹，而今晚肖苹又恰恰说有事回去！夏晓心里顿时有了一种不祥的预感，他立即打开门追出去。

在厂门口，夏晓问门卫："刚才是老朱出去了吗？"

门卫说："是啊，骑着摩托车往城里去了。"

午夜的城郊道路上车辆、行人寥寥，显得格外寂静，偶尔有一阵风吹过，吹得路旁的树木哗哗作响。

从厂里到肖苹家应该有超过七公里的路程吧？夏晓稍稍犹豫了一下，一咬牙撒开两条腿就跑了起来。

跑到肖苹的家，他已经是气喘吁吁全身湿透了。

没等缓过劲儿来，他就迫不及待地敲响了门。

肖苹穿着睡衣，一脸诧异地将他让进屋里。

"怎么了？什么事？"

夏晓没有理睬，只顾伸头四处探看。

跟在他身后的肖苹有些明白了，一下子火冒三丈。

她叫起来："夏晓你想怎样？"

夏晓匆忙扫视了一周，没发现什么异常的地方，心中也有点儿慌了，他支支吾吾的不知道该对肖苹怎么解释。

夏晓道："没、没什么，我只是想来看看，看看你——"

看着他尴尬的样子，肖苹更加清楚了。

肖苹打断他的话："你来看看我？你只是来看看我？我知道你的心思！这下你看到了吧，我有没有像你想象当中的那种事情？有没有？即使我有，你又有什么权力管我？你没有权力！想不到，你也这样跟着别人作践我！"

夏晓难堪极了。

夏晓怎样也说不出话来，他的唯一回答就是紧紧地攥住她的手。

肖苹靠在衣柜的镜子上望着他，脸上、唇上都没有血色。

夏晓心里着急，颠三倒四地重复着："我不对，是我不对……"

肖苹的牙齿咯咯打战，说道："你不对？你很对！这样侮辱我，我永远不能原谅你，永远不能！"

夏晓激动起来，山盟海誓地证明着他对肖苹的爱。

"你爱我？你这叫爱我？你让我怎么相信你？除非你死给我看！"肖苹又气又恨，颤巍巍地一个字一个字冲着夏晓说。

夏晓的脸色也苍白了："你、你这话当真吗？"

他一拔腿走到阳台，喊了声"我爱你"就要往下跳，吓坏了的肖苹赶忙死死拉住他。

夏晓挣扎着。

肖苹用尽了力气，面颊憋得通红。

她突然一松手，指着夏晓的鼻子吼道：“跳吧！你跳吧！你以为你痛苦吗？你配痛苦吗？你这样一个从来不会爱的人，你懂得痛苦吗？你有什么资格在我面前这样表现痛苦？要死你就去死吧！”

“那我就死给你看！”

夏晓话音未落就纵身从三楼阳台上跳了下去。

待他睁开眼睛时，周围已经围满了人，原来他已经休克了几分钟。

他挣扎着想爬起来。这时候肖苹也从楼上飞跑着赶了下来，见他没有大碍，就冷冷地说：“你躺在这里干什么？丢人现眼！”

接着就往回走。夏晓这下也没了任何脾气，吃力地撑起来一瘸一拐地跟在她身后。

夏晓毫不犹豫“以身殉情”的事情，隐隐约约在厂里有了传言，夏晓知道了心里倒是很坦然，他并不认为自己这样做有什么错，这是一种真情一种真爱，没什么难为情的，他甚至还想，这样做能够感动肖苹了吧？

想到肖苹，他不由自主地就向她办公室走去。

“肖助理不在，她休长假了，你不知道吗？”

办公室里换了个小姑娘，夸张的语气里有种嘲讽也有种好奇。

夏晓的嘴张在那里合不拢了：“休长假？休多久？”

“那你就要去问厂长了，我是来替她的，只说替到她回来为止，没说具体时间。”

夏晓转身冲出了办公室。

下了车，夏晓就想往楼上跑，但被一把拉住了。

司机说：“给车钱！”

到了门口，一切同意料中的一样，厚实的防盗门拆掉了，屋里的东西也搬走了，只有一把小小的铁锁挂在单薄的木头门上。

打她的手机，手机已经处于一种无法接通的状态。

他垂头丧气地走到楼底，一个心慈面善的老婆婆打量着他说：“小伙子，是找阿苹吧？她搬走了，没说搬去哪儿，我们这儿也要拆迁了，不久就没这个楼了！”

夏晓不相信肖苹就会这样在自己的面前消失得无影无踪，他决心要找到她。

他眼圈黑黑的，坐在办公桌前，面色阴沉着。

老朱进来了。

老朱看了他两眼，想跟他说什么，但见他那样，欲言又止。

当老朱再准备出去时，终于忍不住说：“夏晓，听说肖苹有个亲戚住在永盛街一带，你可以去看看她是不是搬到那里了。”

夏晓依然没有作声，但他的眼睛亮了。

一下班，夏晓就来到了永盛街。

他在街上慢慢走着，紧盯着街道屋子里的每一个人，紧盯着身旁走过的每一个人，生怕错过了肖苹的影子。

但到了人家都关门闭户的时候，他还是没见到那个熟悉的身影。

回到宿舍，他没有开灯。光线暗极了，只有微弱的路灯从窗户飘进一点点的亮光。

夏晓坐在黑暗之中，回忆着与肖苹在一起的点滴生活，他想找出一点儿亮色，把自己此刻冰冷的心暖和过来，但是，他失败了。

风又起了。城郊的风就是大啊。他站起来，走到窗前，从缝隙里看到几片若隐若现的枯叶在昏暗的路灯下面打着旋。天地如此模糊，人的生活却如此明确。快乐就如同枯叶，痛苦却似呼呼作响的风！

夏晓叹了口气，把窗户关得紧紧地，回到床上。隔绝了一切外界的声音，夏晓现在就想用睡眠来麻痹自己，设法让自己做到身心俱空。夏晓说不清这样的感觉，在恍惚中，他的精神似乎离肉体很远，他不想飘离，只想找到一个可以停靠的地方，安静地感知冬天的温暖。

他把被子胡乱拉开，睡了过去。

第二天晚上，他又去了，而且换了个策略——拿着肖苹的照片到街上挨家挨户地打听有没有人知道她的下落。

但，还是失败。

在夏晓的人生字典里，一段时间以来似乎已经没有了准确的时间概念，除了工作，就只有饥饿在不断提醒他什么是白天、什么是黑夜。寻找肖苹已经成为一种他还活着的证明。

肖苹原来的家那里已经动工拆迁了。尽管当初给他留下美好记忆的地方已成了一片废墟，可是每当找肖苹找累了，夏晓就回到那片废墟前坐着，呆呆地坐着，不言不语。

也许，一个人生命中的浓墨重彩或留白空缺，冥冥中自有定数。人去楼空，空楼也在这个世界上消失了。如今，面对曾经缠绵过的房间和熟悉的阳台，只能感慨这些永不会复原的生活的亲切，就像远处传来的江边那座古老文庙的钟声，苍苍茫茫，却又充实圆润，连绵不绝，虽然物是人非，万象俱变，但钟声依旧，最终定格为记忆里若隐若现的刻痕。

一个多月过去了，夏晓整个人已经瘦了一圈，原来活泼的他变得沉默寡言。

中午下班，他背着一个工具袋从车间里出来。

肖苹！他看到了日思夜想的肖苹！

他呆了一下，然后不顾一切地冲了过去。

肖苹正坐在一位同事的摩托车后面准备回家。

夏晓的声音嘶哑了："你下来，跟我走！"

肖苹一把打掉他的手，口气里带着愠怒："你放手！我不认识你！"

夏晓的眼睛都快滴出了血："你下来！跟我回去！"

肖苹执拗地说："我不认识你！开车，我们走！"

谁也没有想到，夏晓这时忽然从袋里掏出一把工具刀，一下将肖苹扯到胸前，用胳膊狠狠夹住她的脖子，刀刃紧紧压在她的喉咙上。

一些工人见状，赶紧上前劝阻。但夏晓此刻已经红了眼，他大声喊道："别过来，谁要上来一步我就杀了她！"由于激动，刀子划破了肖苹的皮肤，血已经流了出来。大家只好眼睁睁地看着夏晓挟持着肖苹。他一步步退进自己的宿舍，然后用脚将门踢上。

全场鸦雀无声，大家都惊呆了。中午的阳光好得让人叹气。中午的阳光直射下来，虽是冬天，但每个人的身上却早已湿透。这个初冬的南方城市，谁都知道，没有真正的冬天。

夏晓锁死了门，背倚墙壁，缓缓地喘气。他的脸像身后的墙壁一样泛白，宽阔的额头流下豆大的汗珠。

他向外面望去。在阳光的照耀下，不远处的那条小河水显得更加清澈、温顺；阳光还带着冬天里特有的光晕，照着每栋大楼，每间厂房，以及那棵依然默默伫立在原地的小枯树，只是，再也照不进夏晓的心里。

屋外，大家都还在愣着，不知是谁大喊了一声："快报警啊！"

所有的人这才回过神来。

十分钟后，警车呼啸着赶到了，警方以最快的速度组织警力包围了夏晓的住处。

不久，特警也赶来增援。

小喇叭响了，这是警方对他进行规劝，同时还把他的同事和平时的好友等凡是能够找到的人都接到了现场，大家轮流做说服工作，但夏晓充耳不闻。

他的目光呆滞。他的刀依然紧紧地卡在肖苹的颈部。

他感觉到怀中刚才已经晕过去的肖苹动了一下。

他颤抖的声音自己听起来都那么恍惚："你还要离开我吗？"

他没有听到肖苹的回答，只换来肖苹的一阵强烈的挣扎。

夏晓绝望了："我要杀了你！"

时间在一分一秒地过去。

下午五点左右，在现场指挥的警方领导同意继续采取说服、攻心的策略，但考虑到夏晓被困太久，情绪波动大，被绑架的人质安全难有保障，因此也同时要求特警队员做好强攻的准备，必要时将其击毙，一定要在天黑前结束这相持不下的局面。

此刻，太阳已经转到西边，傍晚五点钟的阳光光色诡异，还微微有些余温，眯着眼睛望去，就像一轮快熄灭的炭火，有种繁华落尽的苍凉。

而在屋内焦躁难耐的夏晓正准备换一个姿势搂紧肖苹不让她动弹，却不经意地触到了她小巧柔软的乳房，一激灵，他忽然感到下体勃发了，于是他一把翻过肖苹，一边恶狠狠地扯着她的衣裤，一边在她耳边咬着牙："我要让你看看，我不需要你的'伟哥'，我不需要！你看我行还是不行！"

夏晓喘息了一会儿，天蓝色封面的日记本却在此时又闯进他的脑海里旋转起来，不由得让他怒从心头起，恶向胆边生，他又疯狂了，根本不管肖苹的叫骂。

他终于颓然靠在了墙角。

一会儿，他站起身子，整了整衣服，同时不忘记拉好裤口的拉链，然后走出门外，扔下刀子："我出来了，抓我吧！"

夏晓觉得湿透手心的汗水瞬间飞落了，同时飞落的还有种宿命的纠结。就在这一刹那间，浓浓的疲惫让他不由自主地合上了眼睛，一片暖暖的橙色中，好像有滴眼泪顺眼角滑落，他自言自语道："今天的太阳，还真刺眼……"

这是一个轰动整个南方地区的绑架案，顿时大大小小的新闻媒体争相报道，还有的独辟蹊径，请出了医学和心理学专家进行各种分析，有个著名的行为医学专家分析后得出结论，认为这种行为从心理学角度说有两种可能：一是夏晓可能属于偏执型人格，二是夏晓可能有一种恋母情结。

不过其中报道得最为详尽的还是那家在全国都颇有些名气的大报。一幅黑白的图片，内容是一根打着死结的粗粗的绳索，下面是令人触目惊心的文章标题：疯狂"姐弟恋"，欲望尽头是沉沦。这篇纪实文章从"不堪寂寞，'姐弟恋'的烈焰熊熊燃起"讲起，再到"分分合合，疯狂的'小弟弟'意乱情迷"，最后"铤而走险，以身试法断送前程"，故事讲得精彩极了。

也许是意犹未尽，编辑还在文后加了个"编后语"：刚刚走出大学校门的夏晓，由于不甘寂寞，闪电般地陷入了不现实的感情泥沼之中，并最终为此付出了沉重的代价；而作为年长夏晓十二岁的肖苹，其社会经验及人生阅历都比夏晓丰富，当她发现夏晓并非可托付终身之人时，理应当机立断，不给对方任何希望，但她的优柔寡断和消极逃避，引发了夏晓种种偏激行为，可以说，是两人共同的错误，最终导致了这个本不该发生的悲剧。唏嘘感慨之余，我们提醒那些身陷情感旋涡中的人们，多一分理性和宽容，少一分冲动和迷茫，让生活的天空永远飘荡着幸福祥和的“爱的旗帜”。

不过，这一切的热闹和“关心”，夏晓并不能感受到。

四个月后，检察院以绑架罪和强奸罪对夏晓提起了公诉。

法院一审认为，被告人夏晓为了达到与肖苹恢复恋爱关系的目的，采用暴力、胁迫手段劫持并强行与肖苹发生性行为，已构成了绑架罪和强奸罪。两罪并罚，法院判处夏晓有期徒刑十五年。

当听到法官宣读完判决后，夏晓无言，也没有表示要上诉。

他的父亲老泪纵横，母亲哭倒在旁听席上。

法警把夏晓带走，在场的许多人都注意到了一个细节：夏晓在离开的时候还在四处张望，他在找人，他在寻找肖苹那熟悉的身影。他失望了——她没来。

但是，没有任何人注意到另外一个细节，包括那些细致和敏感无比的记者，那就是：此刻穿在夏晓身上的，就是肖苹第一次送给他的，那件雪白雪白的白衬衫。